Destination Berlin

TeilI: Fehde, Freunde, Currywurst

W0199100

Texte:
© Copyright by Gary Reich

Umschlaggestaltung:
© Copyright by Gary Reich

Verlag:
Gary Reich
Gundelfinger Str. 2
10318 Berlin
mail@gary-reich.de

Druck:
epubli - ein Service der neopubli GmbH, Berlin

Dieses Buch kann auf zwei verschiedene Arten gelesen werden:

- **„Directors Cut“ (empfohlen):**
  = parallel erzählte Handlungsstränge in Kapitelreihenfolge

- **„Chronological Cut“:**
  = chronologisch erzählte Haupthandlung mit Kapitelsprung
  (am Ende des Kapitels auf die angegebene Seite springen, z.B. ⌛12 = Seite 12)

Begleitinfos zum Buch unter:

https://destination-berlin.net
(Code: 0815)

Inhalt

Berlin is coming [1]

Dienstag, 31.03.2015

Ich starre auf meinen Wecker: Es ist 05:32 Uhr - die Quersumme der Stunden- und Minutenanzeige ist identisch. Juhu! 05:33 Uhr. Mist ...

Um 6:55 Uhr wird der Wecker genügend Rabatz machen, um einen Menschen aus dem Schlaf zu reißen. Aber nicht mich. Nicht an diesem Morgen. Ich kann nicht mehr schlafen. Nicht an dem Morgen, an dem mein restliches Leben beginnen wird. Naja, zumindest ein neues, anderes Leben. Zumindest an einem völlig anderen Ort.

Wenn mir vor einem Jahr jemand erzählt hätte, dass ich mal ein Wochenende in Berlin verbringen würde - nun, das hätte ich als relativ unwahrscheinlich angesehen. Ich mag keine Menschenmengen und somit auch keine Großstädte.

Selbst Nürnberg ist mir schon zu groß. Und manchmal sogar Forchheim - wobei ich mich daran mittlerweile gewöhnt habe.

Vor neun Monaten hätte ich noch jeden ausgelacht, der mir erzählt hätte, dass ich es ernsthaft in Erwägung ziehen würde, nach Berlin zu ziehen. Nur hätte mir so etwas niemand erzählt. Zumindest niemand, der mich auch nur halbwegs kennt, oder weiß wie ich ticke.

Sechs Monate zuvor hielten das alle - mich eingeschlossen - noch für ein Hirngespinst.

Und heute, am letzten Tag im März 2015, kurz nach der Zeitumstellung, kurz nach meinem 30. Geburtstag, liege ich in meinem zukünftig ehemaligen Bett, in einer zwar möblierten, aber sonst leeren und bereits an den Nachmieter übergebenen Wohnung, einen Leihwagen vor der Tür, nur wenige Stunden vor einer Fahrt in ein neues Leben voller Veränderungen.

Ich hasse Veränderungen. Obwohl, mittlerweile reizen mich Veränderungen. Aber warum? Ich war doch immer ein absolutes Gewohnheitstier. Eine Gewohnheitsmaschine.

Ich hatte immer Angst mich zu verändern. Und ich hatte Angst mich nicht zu verändern.

War das alles nur eine Illusion, weil ich es nur nicht besser wusste? Oder ist es eine Illusion, mit einem Schlag alles - vor allem aber mich selbst - verändern zu können?

Träume ich nur sehr real und mein Wecker wird mich pünktlich um 06:55 Uhr wecken? Und warum liegt hier eigentlich Stroh? Und warum habe ich eine Maske auf?

Ach nein, dazu kommt es ja erst im Jahr 2020 ... Zumindest der Teil mit der Maske ...

Die Wege des Herrn, oder (bei Agnostikern wir mir) die Pfade des Lebens sind manchmal unergründlich.

Das Leben nimmt manchmal Formen und Farben an, die man selbst niemals in Betracht gezogen hätte, weil sie vom Bauchgefühl her nicht zusammenpassen.

Wie z.B. Pommes mit Senf. Oder Heidelbeeren und Banane. Oder Markus Lanz und „Wetten Dass..?“ - ok, das hat tatsächlich nie zusammengepasst. Aber dafür der Song des „Grafen“ von Unheilig zur letzten Folge „Wetten Dass..?“ als persönliche „Hymne“ für mein absolut Irrwitziges, aber wohl irgendwie vorbestimmten Vorhaben, nach Berlin zu gehen.

Bin ich aufgeregt? Seltsamerweise nicht besonders. Fürchte ich mich vor dem was da kommen mag, oder alles passieren und schiefgehen könnte? Komischerweise nicht!

Es fühlt sich richtig an.

Es ist das Ergebnis einer sehr langen Entwicklung. Ein Ergebnis einer Gleichung, deren einzelne Variablen extrem zufällig und willkürlich scheinen, sich aber als perfekt passende Mosaiksteinchen eines grandiosen Kunstwerks des Lebens entpuppen.

Nicht, dass ich Kunst besonders mag. Das meiste ist eher „Wunst".

Doch wie konnte es zu dieser Entwicklung kommen? Zufall? „Göttliche Fügung"? Schicksal?

Welche Faktoren, Erlebnisse und Erfahrungen haben dazu geführt?

[Die, deren Namen ich niemals ausspreche]? Mein Erzeuger und seine Möchtegern-Gangster-Gang? Die Schlampen-Uschi? Die Liberalisierung des Fernbusmarktes? Die Übernahme aus der Zeitarbeit? Die Serie „Scrubs"? 42?

Die Antwort lautet: Ja!

Das alles - und noch viel mehr!

⌛ 20

The Big Bang Scrubs Theory

Samstag, 28.04.2007, nachmittags

Ein sonniger Samstagnachmittag. Ich sitze am PC und programmiere: irgendwas - ich weiß es nicht mehr genau, kann mir ja nicht jeden Quatsch merken.

Nebenbei läuft „Scrubs - Die Anfänger" im Röhrenfernseher, der praktischerweise genau über meinen PC-Monitor hängt.

In ein paar Stunden geht es - abgesehen vom Forchheimer Annafest und dem Bayern3-Partyschiff - zu meinem persönlichen Highlight des Jahres: dem Thuisbrunner Frühlingsfest

Klingt nach Dorf-Disse? Ist es im Endeffekt auch. Aber nachdem die einzig wahre Dorfdisco in Moggast drei Jahre zuvor abgebrannt ist (oder wurde - man weiß es bis heute nicht so genau) und in der nächstgelegenen Disco in Hirschaid überwiegend Hip-Hop statt Musik gespielt wird (#shitstorm), nimmt man halt was man kriegen kann.

Das Leben ist öde, monoton und vorhersehbar und das ist in diesem Lebensabschnitt auch irgendwie gut so.

Heute gibt es - wie eigentlich jeden Samstag - Schnitzel mit Pommes. Zubereitet in der Mikrowelle. Junggesellen-Bequemlichkeit. Immerhin saue ich so nur einen Teller ein, anstatt noch zusätzlich eine Pfanne und das Backblech zu verschmutzen. Außerdem geht es schneller.

Schmeckt es? Naja, essen ist in diesem Lebensabschnitt ohnehin nicht meine Lieblingsbeschäftigung. Ordentlich Discounter-Ketchup und Salz drauf und das Ganze ist halbwegs genießbar.

Dr. Cox misanthropt sich gerade wieder durch das fiktive „Sacred Heart". Irgendwie mag ich ihn. Nicht nur, weil ich auch kein besonders großer Fan von Menschen bin (bis auf wenige Ausnahmen), sondern weil er einfach einen so wunderbaren Sarkasmus drauf hat, manchmal aber auch extrem ernst und tiefgründig sein kann. Und weil ich bei seinem Nachnamen immer innerlich schmunzeln muss.

Cox. Cocktail. Titikakasee.

Pubertärhumor. Den darf man auch noch mit 22 haben. Vor allem, wenn man es im Leben noch nicht besonders weit gebracht hat.

Ich bin Single, habe eine namenlose Katze, dank ehemaliger Selbstständigkeit - statt Ausbildung - ´nen Batzen Schulden, habe japanische Angst vor schlechten Wortwitzen, überlebe mit Zeitarbeit, habe eine kleine aber relativ günstige 30qm-Wohnung im 4. Stockwerk mit Balkon und einer grandiosen Aussicht Richtung Erlangen und zumindest ein paar Personen im engeren Kreis, die ich als „Freunde" bezeichnen würde.

Dass ich irgendwie „anders" bin, war mir schon immer ein Stück weit bewusst. Auf Menschen zuzugehen oder ihnen gar zu vertrauen, fällt mir extrem schwer, für viele gesellschaftliche Normen habe ich keinerlei Verständnis und mir so wichtige Dinge wie Pünktlichkeit, Ehrlichkeit und „Grundprinzipien" scheinen irgendwie auch nur mir wirklich wichtig zu sein.

Außerdem werde ich für meinen Musik- und Filmgeschmack belächelt („alt" muss ja nicht gleich schlecht bedeuten), ich bin kein allzu großer Fan von Computerspielen und habe auch sonst zu den meisten Dingen eine vollkommen andere (dafür aber eigene) Meinung und Sichtweise.

Manchmal komme ich mir vor wie ein Alien. Vielleicht bin auch einfach nur verrückt. Sind wir nicht alle ein bisschen Bluna? Na wenigstens versteht mich meine Katze.

Und Dr. Cox. Zumindest kommt es mir für einen sehr erhellenden Moment an diesen Samstagnachmittag so vor. Plötzlich bin ich auf das sonst so vor sich hinlaufende TV-Programm für einen kurzen Moment absolut fokussiert.

Dr. Cox erklärt gerade mit ernster Miene einem seiner besten Freunde, dass sein kleiner Sohn vermutlich „Autismus" hätte, weil er seine Bauklötze nach Farben sortiert, symmetrisch anordnet und Blickkontakt meidet.

Ich frage mich, was daran so ungewöhnlich sein soll - ich habe das als Kind schließlich auch immer gemacht.

Legowände in bunt gemischten Farben, die manche mangels Geschmack und Können als „abstrakte Kunst" bezeichnen würden, konnte ich noch nie leiden. Und auch sonst lege ich sehr viel Wert auf Symmetrie und eine in sich logische Grundordnung.

Ich konzentrierte mich wieder auf mein nachmittägliches Abendessen ... Und was ist dieses „Autismus"? Zum Glück gehöre ich nicht mehr zur Generation „Brockhaus oder Bibliothek" und kann mit wenigen Mausklicks nahezu alle Informationen dieser Welt aufrufen. Unbegreiflich, dass selbst dazu viele Menschen schlichtweg zu bequem/faul sind und lieber unwissend bleiben.

Wikipedia teilte mir dazu mit:

> [..] Autismus (von altgriechisch autós ‚selbst') ist eine tiefgreifende Entwicklungsstörung. Diese tritt in der Regel vor dem dritten Lebensjahr auf und kann sich in einem oder mehreren der folgenden Bereiche zeigen:
>
> - Probleme beim wechselseitigen sozialen Umgang und Austausch (etwa beim Verständnis und Aufbau von Beziehungen)

- Auffälligkeiten bei der sprachlichen und nonverbalen Kommunikation (etwa bei Blickkontakt und Körpersprache)

- eingeschränkte Interessen mit sich wiederholenden, stereotyp ablaufenden Verhaltensweisen

[..]

Ok, betrifft mich nicht. Ich bin zwar etwas Verrückt, aber nicht „tiefgreifend Gestört“. Würde ich zumindest mal selbstbewusst behaupten.

Soziale Kontakte und Blickkontakt sind zwar nicht meine Stärke (warum sollte ich anderen Menschen in die Augen schauen? Crazy!) und ja, ich bin ein absoluter Gewohnheitsmensch - aber daraus muss man ja nicht gleich eine geistige Behinderung ableiten.

Heutzutage gibt es sowieso für alle Arten von „nicht-der-Norm-entsprechenden“ Verhaltensweisen irgendeine dazu passende psychische Störung. Heute heißt es z.B. nicht mehr „Zappelphilipp“, sondern man nennt es „ADHS“ - und die passenden Therapien und Pillen gibt es natürlich auch gleich dazu.

„Da gibt´s doch auch was von Ratiopharm.“

Außerdem bin ich sonst relativ normal - nur halt „anders normal“.

Da es aber zu meinen Gewohnheiten gehört, Artikel ganz (zumindest quer) zu lesen, stoße ich irgendwann auf einen Abschnitt über das „Asperger-Syndrom“.

In Wikipedia heißt es dazu u.a.:

> [..] Beeinträchtigt ist vor allem die Fähigkeit, analoge Kommunikationsformen

(Gestik, Mimik, Blickkontakt) bei anderen Personen zu erkennen, diese auszuwerten (zu mentalisieren) oder selbst auszusenden. Das Kontakt- und Kommunikationsverhalten von Personen mit Asperger-Autismus kann dadurch merkwürdig und ungeschickt erscheinen. Da ihre Intelligenz in den meisten Fällen normal ausgeprägt ist, werden sie von ihrer Umwelt leicht als wunderlich wahrgenommen. Gelegentlich fällt das Asperger-Syndrom mit einer Hoch- oder Inselbegabung zusammen.

Im Unterschied zu anderen Autismusformen ist im Regelfall die Sprachentwicklung nicht betroffen, und es liegt keine Intelligenzminderung vor. Das Asperger-Syndrom kann sogar mit Stärken verbunden sein, etwa in den Bereichen der objektiven, nicht emotionalen Wahrnehmung, der Selbstbeobachtung, der Aufmerksamkeit und der Gedächtnisleistung. Ob es als Krankheit oder als eine Normvariante der menschlichen Informationsverarbeitung eingestuft werden sollte, wird von Wissenschaftlern und Ärzten sowie von Asperger-Autisten und ihren Angehörigen uneinheitlich beantwortet. [..]

Menschen mit Asperger sind oft darauf fixiert, ihre äußere Umgebung und Tagesabläufe möglichst gleichbleibend zu gestalten. Plötzliche Veränderungen können sie überfordern oder sehr nervös machen. Dies liegt daran, dass Veränderungen einen höheren Grad an Aufmerksamkeit erfordern, was bei der angenommenen Schwäche von Menschen mit Autismus-Spektrum-Störung, Informationen auszublenden, zu einer erhöhten Belastung führt. [..]

Ich bin fassungslos und fasziniert zugleich: In ca. 350 Zeilen werde ich, mein Leben und meine Macken derart präzise auf den Punkt gebracht, wie es selbst ich nicht detaillierter beschreiben könnte.

Von meiner Ungeschicklichkeit und tendenziellen Grobmotorik (im Sport: absolute Null, auch dank Monokularsehen), über die Vermeidung von Augen- und Blickkontakt, Unverständnis für die meisten zwischenmenschlichen Gefühle, verschlossene Körpersprache, stilistisch „hochstehende Sprache“ (ich drücke mich halt auch gerne mal „gewählt“ aus und versuche auf Rechtschreibung und Grammatik zu achten - verachtet mich halt), „ritualisierte Handlungen“ im Alltag, Inselbegabungen, und und und ...

Ich sitze für ein paar Minuten einfach nur stumm und regungslos da ...

In meinem Kopf sausen die Gedanken so schnell, dass es sich nur noch wie ein leises Summen im Ultraschallbereich anhört und -fühlt.

Und plötzlich realisiere ich: Ich bin nicht verrückt, weil ich anders bin, ich bin einfach nur anders. Und vor allem: erklärbar anders

Und genau das ist der Unterschied zu meinem „anders sein“ von vor wenigen Minuten. Zu dem „anders sein“ damals in der Schule.

Ich scheine endlich zu realisieren, was ich bin. Warum ich so bin. Und damit auch plötzlich WER ich bin.

Und ich kann lernen, damit umzugehen ...

⌛ 10

Leg dich nicht mit Sohnemann an

Donnerstag, 12. Juli 2007

Was macht eine gute Rache aus?

Nun, im Grunde das, was auch einen guten Horrorfilm ausmacht: Unvorhersehbarkeit, einfache Effekte und anstatt auf körperliches zu setzen, sollte es einem in den Kopf kriechen und auch noch danach einen Schauer über den Rücken laufen lassen und nachts wach halten.

Man bin ich ein böser, böser Junge ... Und vom Sternzeichen her auch noch Fisch. Wie in der zweiten Staffel von „South Park“ - „Böser, böse Fisch“ ...

Aber er hat es verdient. Mit seinem Telefonterror im letzten Jahr, der Scheiße die er seit Jahren mit meiner Mutter, meinen Bruder und mit mir abzieht (auch mit anderen, aber da hält sich mein Mitleid doch sehr in Grenzen - die wollen es anscheinend nicht anders), der Aktion mit den Briefen vom Finanzamt (ok, dafür hatte er ja von mir eine Anzeige kassiert) und den Mist, den er seit Monaten über mich verbreitet, dem ihm zwar keiner mehr so richtig glaubt - aber Strafe muss trotzdem sein.

Ach ja, ganz vergessen: Es geht um meinen Erzeuger, in dessen Firma ich selbst bis Februar 2006 gearbeitet hatte.

Als „Vater“ bezeichne ich diese Person schon seit gut einem Jahr nicht mehr. Immerhin muss der Begriff „Vater“ und die Personen, die sich auch väterlich verhalten, vor Verwechslungen mit jemanden wie ihm geschützt werden.

Ist mir klar, dass ich mit meiner kleinen Racheaktion potenzielle Gegenreaktionen lostreten könnte? Natürlich! Hält es mich davon ab? Natürlich nicht! Macht es mir in gewisser Weise auch Spaß? Absolut! Macht mich das zu einem schlechten Menschen? Vielleicht ...

Die Planung selbst hat nur wenige Minuten gedauert. Die Idee dazu hatte ich wenige Tage zuvor auf Arbeit. Ja, mein Job im Lager ist geistig so wenig fordernd, dass man sehr viel Zeit zum Nachdenken hat.

Der heutige Donnerstagabend ist in vielerlei Hinsicht perfekt für die Durchführung meines kleinen Plans: Falls es zu einer alkoholbedingten Kurzschlussgegenreaktion am darauffolgenden Abend seitens meines Erzeugers kommen sollte (so wie er im Suff auch schon mal seine Mutter besucht und mit einen Hocker bedroht hatte), wäre ich am Freitagabend gar nicht zu Hause, da ein Kumpel seine Einweihungsparty in seiner ersten eigenen Wohnung schmeißt und ich erst am nächsten Vormittag wieder heimkommen würde.

Und: Wenn meine kleine Racherakete gezündet wird, ist Freitag der dreizehnte. Ich stehe auf Symbolik. Macht mich das zu einem Soziopathen? Möglicherweise. Aber immerhin stamme ich ja auch von einem ab.

Die Umsetzung selbst ist etwas aufwändiger, aber auch in weniger als zwei Stunden erledigt. Und so einfach wie wirkungsvoll. Und im Nachhinein betrachtet auch schon fast prophetisch, als würde ich die Zukunft vorhersagen können. Wobei die später dazu passenden Ereignisse auch durchaus absehbar waren.

Meine kleine Racheaktion besteht eigentlich lediglich aus einem (sehr offensichtlich) fingierten vordatierten Zeitungsartikel, in dem über seine Betrügereien berichtet wird, mit denen er aufgrund eines anonymen Hinweises aufgeflogen ist, verhaftet und schließlich verurteilt wird.

Diesen habe ich zum Schutz vor Feuchtigkeit mit einer Klarsichthülle versehen, ordentlich zusammengerollt, mit einer kleinen roten Schleife verziert (*grins*) und von außen an die Bürotür seiner Firma gehängt.

Auf ein weiteres Schreiben oder ähnliches habe ich verzichtet - immerhin dürfte er auch so wissen, was gemeint ist und von wem es kommt.

Alle anderen, die von seinen Betrügereien (in durchaus beachtlichen Ausmaßen) wissen, würden sich mangels Abhängigkeit von ihm und mangels Rückgrat niemals gegen ihn wenden und wären noch nicht einmal in der Lage, einen Artikel am PC zu schreiben - traurig aber wahr.

Mal sehen, ob er mit diesem Schuss vor dem Bug kapiert, dass er sich besser nicht weiter mit mir anlegen sollte und seine Sticheleien hinter meinem Rücken unterlässt.

Nicht, dass es mich extrem stören würde, da ihn mittlerweile eh kaum noch jemand für voll nimmt (nicht zuletzt, weil er meistens ohnehin voll ist), sondern weil man solchen Arschlöchern wie ihm die Grenzen aufzeigen muss. Und natürlich auch, weil es ein bisschen Spaß und Nervenkitzel in mein bis dato langweiliges Leben bringt.

Und selbstverständlich habe ich auch ein kleines Sicherheits-Ass im Ärmel vorbereitet, um ihn im Notfall in Zaum zu halten - man weiß ja nie.

Am Freitagabend habe ich sehr viel Spaß bei der Einweihungsparty. Nicht nur, weil ich mir das dumme Gesicht meines Erzeugers beim Lesen meines kleinen Artikels vorstelle (und wie er sich anschließend wieder besäuft, unter seinem Schreibtisch liegt und sich und den Büroteppich vollpisst), oder weil ich etwas angetrunken bin.

Nein, auch weil ich mit Sarah bei „Tabu“ in einen Team bin und wir zusammen die anderen Teams richtig alt aussehen lassen. Bei den Beschreibungen verstehen wir uns fast telepathisch und wären sicherlich auch privat ein tolles Team. Quasi zwei Singles, die ein richtig gutes Album wären.

Ich vertraue ihr wie kaum jemand anderen und lasse mich sogar von ihr umarmen - und dass, obwohl ich sie erst wenige Monate kenne. Für jemanden wie mich extrem ungewöhnlich. Ja, ich habe es nicht so mit „Körperlichkeiten“. Zumindest damals nicht.

Aber für besondere Menschen kann sogar jemand wie ich sich öffnen. Dass sie mich zumindest ganz gut leiden kann ist offensichtlich. Dass ich sie ganz gut leiden kann, für ein aufmerksames Auge eigentlich noch viel mehr. Für mehr fehlt aber zumindest mir der Mut. Noch, denn irgendwann würde ich ihr sagen, was ich für sie empfinde.

Ganz bestimmt!

Vielleicht ...

Am nächsten Vormittag (Juhu: Samstag) - ich bin gerade nach Hause gekommen - klingelt das Telefon. Es ist meine Mutter.

„Der Alte“ (wie er verächtlich von ihr genannt wird, obwohl sie altersmäßig nicht einmal vier Monate trennen) hätte ihr panisch auf die Mailbox gesprochen und muss sich unbedingt mit ihr treffen, weil „jemand die Firma bedrohe“.

Ich kann mir ein lautes Lachen nicht verkneifen und erzähle meiner Mutter schließlich mit einem gewissen Stolz, was ich getan habe. Sie findet es zwar auch durchaus amüsant, macht sich aber gleichzeitig Sorgen, dass „der Alte“ austicken könnte.

Also erzähle ich ihr auch noch von meinem „Sicherheitsnetz“, einen hinterlegten Brief, in dem all seine Gaunereien detailliert aufgelistet sind und von dem zu diesem Zeitpunkt nur zwei Personen unabhängig voneinander wissen, wo sich dieser befindet.

Meiner Mutter habe ich es nicht verraten - nicht, weil ich ihr nicht vertraue, sondern weil das nun wirklich zu offensichtlich wäre. Sie möchte es auch aus genau diesem Grund gar nicht wissen.

Etwa eine Stunde später rief mich meine Mutter erneut an und sagte mir, dass „der Alte“ nun „herausgefunden“ hätte, dass ich hinter der Aktion stecke.

Wirklich? Wow! Dieses kleine dauer-blaue Sherlock-Genie braucht einen ganzen Tag um auf das offensichtliche zu kommen? Respekt! Und nun?

Tja, jetzt kommt wohl der Teil mit dem Nervenkitzel ...

⌛ 23

How I Met The Uschi

Samstag, 13. Juli 2013

Es ist ein recht warmer und sonniger Sommerabend.

Seit Wochen hatte ich mir vorgenommen, mir mal noch die eine oder andere Location in Forchheim anzuschauen, die ich noch nicht kenne. Nicht, dass es in Forchheim allzu viele sehenswerte Locations geben würde.

Ansonsten war ich als Gewohnheitstier immer nur im „Schlawiner“ oder im „Saitensprung“, dessen Namen so mancher aufgrund fehlenden Intellekts falsch interpretiert hat. Und das, obwohl über dem Eingang extra eine übergroße, leuchtende Gitarre hing. Leider ein verschwendeter Hinweis für die Personen, die bisher - im Gegensatz zu dieser Gitarre - noch keinerlei Erleuchtung in ihrem Leben erfahren haben.

Schließlich habe ich mich aufgrund geografischer Bequemlichkeit für die heimische Bar (meinem Wohnzimmer) entschieden.

Zwei Huppendorfer, einen Whiskey-Cola und einer albernen Komödie später konnte mir die Welt an diesem Abend eigentlich gestohlen bleiben.

Aber irgendetwas hatte dieser noch recht frühe Abend an sich, dass ich nicht komplett zu Hause hocken wollte. Irgendwas lag in der Luft. Und da ich noch nicht in der Hauptstadt wohnte (und daran auch noch lange nicht zu denken war), war es definitiv kein Pfefferminzlikör.

Unter der Woche bin ich um diese Uhrzeit immer eine Runde mit dem Fahrrad Richtung „Sportinsel“ gefahren. Und an diesem Samstagabend drängte mich irgendetwas dazu, diese Regel zu brechen und an einem Samstag (what?!?) diese kleine 30-45-Minuten-Tour anzutreten.

Als ich mein Fahrrad aus dem Schuppen (einen ehemaligen Waschraum mit Waschtrog) holte, lief mir mein Nachbar Jochen über dem Weg, der mir beiläufig erzählte, dass es beim „Arbeiter-Turn-und-Sportverein Forchheim„ (kurz: ATSV Forchheim) heute irgendeine Open-Air-Veranstaltung geben würde.

Aha. Da wir uns in Forchheim befinden, kann das ja nichts besonders aufregendes sein - dachte ich mir zumindest.

Ich drehte also meine übliche - bzw. für diesen Wochentag eher unübliche - Runde mit dem Fahrrad und dachte mir auf dem Rückweg, dass ich ja mal kurz beim ATSV einschlänkern könnte.

Und tatsächlich: Musik - und zwar „richtige“ Partymucke.

Wieder zu Hause angekommen beschloss ich dann ungewöhnlich spontan, an diesen Abend doch noch auszugehen. Immerhin lag der ATSV nur wenige Gehminuten von meiner Wohnung entfernt. So what (says „Red Zac“).

Nach einer kurzen Dusche und ca. 30 Minuten später war ich also am umzäunten Sportgelände und hörte statt Musik nur irgendwelchen Hip Hop. Gaaanz toll.

Aber für solche Fälle habe ich ja meine „3-Runden-Regel“: Ich drehe drei Runden um den Veranstaltungsort (meistens genügend Zeit, um einschätzen zu können, ob da auch noch andere Musik gespielt wird) und wenn mir die Musik dann immer noch nicht gefällt, dann geh ich wieder heim. Diese Regel hat sich schon bei so mancher Open-Air-Veranstaltung und Discotheken-Besuch bewährt.

Nach der dritten Runde wurde zwar kein Hip Hop mehr gespielt, aber musiktechnisch war das irgendwie immer noch nicht so das Gelbe vom Ei.

Aber eine innere Stimme hielt mich trotzdem vom Heimweg ab. Stattdessen begab ich mich genau in die entgegengesetzte Richtung.

Am Stadtrand Richtung Autobahn gab es - so hatte ich es zumindest einige Wochen zuvor gelesen - eine Bar. Dorthin musste ich zwar gut 25 Minuten laufen, aber da ich mich an diesem Abend ohnehin schon von meinem gemütlichen Sofa aufgerafft hatte, konnte ich diesen kleinen Umweg nun auch noch in Kauf nehmen - und vielleicht würde es sich ja lohnen.

Spoiler: Nein, tat es nicht! Zumindest nicht direkt, sondern über Umwege ...

Ich war der einzige Gast und nach einem Bier wollte der Betreiber die Bar dann gegen 22:30 Uhr schließen. Immerhin konnte ich einen Haken hinter „mal eine neue Bar ausprobiert“ setzen.

Da das Veranstaltungsgelände des ATSV ohnehin auf dem Heimweg lag, wollte ich noch einmal kurz vorbeischauen, ob da überhaupt noch etwas los wäre - immerhin war es schon fast 23 Uhr und somit eigentliches Ende jeglicher Open-Air-Veranstaltung in Forchheim.

Nachdem ich mich einige Minuten in der Nähe des Eingangs aufgehalten und nun den nötigen Schwung für den restlichen Heimweg hatte, sprach mich aus dem Dunkel plötzlich eine junge Dame an.

„Entschuldigung, weißt Du zufällig was das hier für eine Veranstaltung ist?“

Erst wollte ich instinktiv meine Arme nach oben reißen und ihr meinen Geldbeutel übergeben.

Wir kamen schließlich ins Gespräch und sie erzählte mir, dass Sie mit dem Fahrrad eigentlich auf eine Geburtstagsfeier einer Freundin fahren wollte und beim Vorbeifahren hier Musik gehört hätte.

Sie war 19 und ich noch keine 30. Und es war Sommer.

Überraschenderweise unterhielt ich mich - anders als sonst mit mir unbekannten Menschen - normal mit ihr, ohne ihr als Abwehrreaktion schlechte Witze oder dämliche Sprüche um die Ohren zu hauen.

Ok, als sie mir ihren Namen *(„Ursula, aber alle nennen mich Uschi“)* genannt hatte, konnte ich mir ein *„Darauf reimt sich ja gar nichts - außer Sushi“* nicht verkneifen - aber das schien sie zumindest nicht abzuschrecken. Interessant ...

Stattdessen kam von ihr der Vorschlag, ob wir uns das Ganze Spektakel denn nicht mal gemeinsam von innen (also dem inneren Außen) anschauen wollen. Ich mag Frauen, die den ersten Schritt wagen - denn hierfür fehlt mir jegliche Begabung, manch einer würde auch sagen: Mut

Zu meiner großen Überraschung war die Veranstaltung noch - ganz forchheim-untypisch - bis in die frühen Morgenstunden geplant und natürlich ging der Eintritt und das erste Bier Teilzeit-Gentleman-like auf mich.

Und was soll ich sagen: Wir haben uns gute 4 Stunden über alle möglichen Themen unterhalten, u.a. auch über Politik, Religion, dem Sinn des Lebens - also alle Themen, die man bei einem ersten Treffen eigentlich vermeiden sollte.

Aber irgendwie hat sich dabei ein teilweise recht tiefsinniges Gespräch ergeben. Und ich hatte sie schon mal vorsorglich zu meiner nächsten Geburtstagsfeier eingeladen. In acht Monaten! Planung ist alles ...

So gegen halb vier Uhr morgens wurden die Gäste dann so langsam musikalisch zum gehen „motiviert“ und wer sich von der Rausschmeißer-Musik nicht zum Gehen bewegen ließ, tat dies wohl spätestens nach der Schließung der Bar.

Als Gentleman habe ich sie noch zu ihrem Fahrrad begleitet, mich für den tollen Abend bedankt, ihr eine gute Heimfahrt gewünscht und ´nen Drückerchen gab´s von ihr auch noch.

Ich mag zwar keine Umarmungen, aber in diesem Fall war es irgendwie ok für mich.

Auf dem Heimweg fiel mir dann auch prompt ein, was ich vergessen hatte: Sie nach ihrer verdammten Telefonnummer zu fragen! So ein verdammter Mist!

Bis zur Ankunft an meiner Wohnung fielen mir noch zahlreiche weitere (meist nicht jugendfreie) Schimpfwörter für mich selbst ein.

Zu diesem Zeitpunkt war mir natürlich noch nicht klar, wie unglaublich einfach es sein würde, sie ausfindig zu machen und welche Unruhen sie acht Monate später auf meiner Geburtstagsfeier auslösen würde …

⌛ 78

Der Fluch der vier (Bluts-)Brüder

Es war eine Mutter, die hatte vier Kinder, den Frühling, den Sommer, den Herbst und den Winter.

Die Mutter, das war (oder ist - keine Ahnung, ob sie noch lebt) die Mutter meines Erzeugers: Hilde

Ich vermeide mittlerweile bei ihr den Begriff „Oma", ähnlich wie bei meinem Erzeuger den Begriff „Vater".

Die vier Kinder sind Georg (mein Erzeuger), Mike, Udo und Anders - und jeder von ihnen ist tatsächlich in einer anderen Jahreszeit geboren worden.

Udo (aufgrund seiner Statur hinter vorgehaltener Hand auch „Specki" genannt) hat einen Sohn und eine Tochter - die einzige Enkelin von Hilde und dadurch ihr ganzer Stolz.

Seine Frau heißt Karin und kommt ursprünglich aus Berlin. Wahrscheinlich bin ich über sie das erste Mal direkt mit dem Berliner Dialekt in Berührung gekommen.

Er, bzw. sie hatte auch das muntere Partner-wechsle-dich-Spielchen eingeläutet, was sich letztendlich fast auf die ganze Familie ausbreiten sollte.

Die Trennung zwischen Karin und Udo erfolgte 2002 oder 2003. Sie nahm den Sohn mit und die Tochter blieb bei Udo.

Fun Fact: Er und Peggy wurden schließlich nach der Trennung von meinem Erzeuger ein Paar - man könnte also sagen: Sie blieb in der Familie.

Ach so, falls ihr euch fragt: *„Wer ist denn eigentlich Peggy?"* - Dazu komme ich später noch ...

Mein Erzeuger Georg ist der jüngste der vier Brüder, hat zwei Söhne (meine Wenigkeit und meinen Bruder), hat 1993 eine kleine Firma übernommen und aus diesem kleinen, miesen Saftladen einen etwas größeren ... ähh ... naja ... gemacht.

Aber wehe, wehe, wehe, wenn ich an das Ende sehe ...

Er nahm sich wohl seinen Bruder Udo zum Vorbild und trennte sich 2004 von seiner Frau, also meiner Mutter.

Mike hat zwei Kinder, davon eines mit seiner Frau, die ebenfalls Karin heißt. Er war wohl früher dem Alkohol nicht gerade abgeneigt (hat das Ganze aber mittlerweile seit vielen Jahren im Griff), ist der älteste der vier Brüder, ein Spaßvogel, aber nicht unbedingt der mit dem ausgeprägtesten Rückgrat.

Sein Sohn Mark heiratete jung (weil ein Kind unterwegs war), trennte sich aber wenig später wieder von seiner Frau. Mike und Karin haben sich wohl Jahre später ebenfalls scheiden lassen ...

Anders ist das schwarze Schaf der Familie. Er ist ebenfalls Alkoholiker, hat weder Frau noch Job und kommt jeden Sonntag zum Essen zu seiner Mutter Hilde.

Er und mein Erzeuger liegen seit Jahren im Clinch - warum weiß eigentlich keiner mehr so genau. Diverse Schlichtungsversuche blieben erfolglos und Familientreffen werden meistens so gelegt, dass einer der beiden nicht anwesend ist, oder sie sich zumindest in verschiedenen Räumen aufhalten können.

Zumindest was Scheidungen betrifft, hat er eine weiße Weste - er war nie verheiratet.

Mit „Oma" Hilde habe ich seit etwa 2007 keinen Kontakt mehr. Nicht, weil sie die Mutter meines Erzeugers ist, sondern weil sie meint, hinter meinem Rücken Unsinn und Unwahrheiten erzählen zu müssen.

Das kann man einer älteren Frau sicherlich schon mal verziehen - aber nicht, wenn es quasi zum normalen Umgang wird und nicht etwa auf das Alter oder einer Demenz zurückzuführen ist.

Gegen die ganzen Aktionen meines Erzeugers und dessen familiärer Gefolgschaft, hatte sie offensichtlich auch keine Einwände oder Bedenken gehabt.

Sind die Äpfel also nicht weit vom Stamm gefallen? Ist sie (mit) der Grund, warum alle ihre Söhne einem gewissen Wahnsinn und (bis auf Udo) dem Alkohol verfallen sind?

Ist dieser Teil der Familie nur so verkorkst geworden, weil es zu den ganzen Trennungen gekommen ist, oder kam es zu den Trennungen, weil die Blutlinie der Familie so verkorkst ist?

Und welche Auswirkungen wird diese Blutlinie noch auf mich und meine eventuellen Kinder haben?

Ist Kinderlosigkeit eigentlich vererbbar?

⌛ 28

Das Imperium der Wölfe schlägt zurück

Mittwoch, 18. Juli 2007

Es sind nun 5 Tage seit meiner kleinen „RTLzwei-Andreas-Halt-Stop-Aktion“ vergangen und es ist ruhig - zu ruhig.

Ich habe seitdem keinen Mucks von meinem Erzeuger gehört. Nicht, dass es mich sonderlich stören würde, aber es irritiert mich schon ein wenig.

Eigentlich hatte ich zumindest mit einer kleinen Suff-Nachricht oder einem abendlichen Dauerklingeln an der Tür gerechnet.

Sollte er tatsächlich die Botschaft verstanden haben? Oder kommt da noch was, sobald ich mich in trügerischer Sicherheit wiege?

Ha, ich habe Dich durchschaut - mögen die Spiele beginnen!

Als ich zum Wochenbeginn das Haus auf dem Weg zur Arbeit verließ, schaute ich zur Sicherheit mit einem prüfenden Blick unter mein Auto, bevor ich einstieg und losfuhr.

Man weiß ja nie. So eine Bremsleitung ist schließlich schnell mal durchgeschnitten und mit manipulierten Autos hatte mein Erzeuger und sein Gefolge ja bereits zu tun gehabt.

Am Mittwoch fuhr ich schließlich mit dem Rad zur Arbeit - immerhin war es Sommer (nicht das erste Mal im Leben) und zumindest auf dem Hinweg ging es größtenteils bergab, was den Heimweg zwar nicht gerade leicht machen sollte, mich aber morgens noch nicht kümmerte.

Ohnehin war der Heimweg diesmal etwas anders als sonst, jedoch wusste ich morgens natürlich noch nichts von der kleinen „Überraschungsparty“, die mich am Nachmittag erwarten sollte.

An diesem Nachmittag fuhr ich zum ersten - und auch letzten Mal - zusammen mit einer Kollegin den großen Bogen vom Fahrradabstellplatz einmal um die ganze Lagerhallte herum durch das Ausgangstor - als plötzlich ca. drei Meter danach ein Bauch in meinem Sichtfeld auftauchte und ich samt Fahrrad plötzlich am Boden lag.

Erst nach meinem reflexartigen *„bist-Du-bescheuert“*-Ausruf während des Aufstehens, realisierte ich, dass es sich bei dem ominösen Bauch um den Bauch meines Onkels Udo handelte.

Meine Kollegin stand geschockt daneben und wusste nicht so recht, was dann da gerade passierte. Nun, ich auch (noch) nicht.

Udo blaffte sie nur an, dass sie weiterfahren solle und schob ein pseudo-beruhigendes *„alles in Ordnung, ich bin sein Onkel“* hinterher. Nach einem prüfenden Blickkontakt mit mir, ein *„alles in Ordnung, fahr ruhig“* meinerseits und einem kurzen Überlegen ihrerseits, fuhr sie schließlich - immer noch recht irritiert - davon.

Was sollte mir schon passieren? Immerhin war das hier keine dunkle Gasse, sondern ein öffentlicher Bereich, in dem permanent LKWs rein und Kollegen in Feierabendlaune hinaus fahren würden.

„Du hast ja keine Ahnung, wie viele Leute Du gegen Dich aufgebracht hast!“, wetterte Rumpelstilzchen-Udo und machte eine winkende Geste zu dem noch leeren Bereich hinter sich.

Plötzlich tauchten ca. 20 Leute auf, die fast in Zeitlupe auf mich zukamen. Es fehlte nur noch etwas Bodennebel und eine Steppenhexe, die durch die Szenerie rollt. Das Ganze wirkte etwas wie eine Low-Budget-Movie-Produktion der „Lebenshilfe e.V.“.

Udo wiederholte grinsend: *„Schau, die ganzen Leute hast Du gegen Dich aufgebracht!"*

Hmm, da waren mein Onkel Mike, seine Frau, ein paar ehemalige Kollegen, die Geliebte meines Erzeugers, zwei Kinder (die vermutlich die Reihen etwas auffüllen sollten) und etliche Leute, die ich noch nie zuvor gesehen hatte. Mein Erzeuger war natürlich nicht dabei.

Mike kam auf mich zu und murmelte einen offensichtlich zuvor auswendig gelernten Satz, an dem ich mich gar nicht mehr erinnern kann - obwohl er ihn sogar mehrfach wiederholte. Boah, muss DER Satz wichtig gewesen sein.

Meine Tante hielt auch eine kurze Rede, auf die ich mich aber nicht wirklich konzentrieren konnte, weil plötzlich neben mir so ein Typ aufgetaucht war und mich mit nicht unerheblich russischen Dialekt fragte: *„Kennt Du Russenmafia?"*

Anscheinend ein Statist mit nur einen Satz, denn auch nach mehrfachen nachfragen meinerseits *„Wer bist Du überhaupt?"*, kam als Antwort immer nur wieder der Satz mit der Russenmafia.

Zwischenzeitlich hielt eine Kollegin mit dem Auto an und fragte, ob alles in Ordnung sei. Ich bejahte und rief ihr noch ein leicht locker gekünzeltes *„bis morgen"* entgegen.

Nachdem dann jeder aus der Gruppe (wie an einem Familien-Weihnachtsfest vor der Bescherung) sein Sätzlein aufgesagt hatte, standen wir nun so da und keiner wusste so recht, wie es denn nun eigentlich weitergehen sollte.

Was für ein schlechtes Drehbuch.

Zugegeben, mein Herzschlag war deutlich erhöht, aber anscheinend konnte ich meine innere Aufregung ganz gut verbergen, denn Udo schien sichtlich irritiert von meiner (gespielten) Gelassenheit.

Das nutzte ich zu meinem Vorteil und preschte mit einem halbwegs gelassen und fast schon arrogant klingenden *„Und nun?“* vor.

Udo erwiderte: *„Vielleicht solltest Du Dir nochmal genau überlegen, ob Du Dich mit all den Leuten hier wirklich anlegen willst.“*

Aus dem Augenwinkel konnte ich beobachten, wie „Russenmafia-Ralle“ erneut zu seinem Standardsatz ausholen wollte, aber von meiner Tante zurück gehalten wurde. Braves Schoßhündchen. Der gehört definitiv zu den Leuten meines Erzeugers.

Apropos Schoßhündchen: Ich weiß nicht warum, aber aus irgendeinem Grund folgte Udo unverzüglich meiner Aufforderung, die durch den Sturz abgesprungene Fahrradkette wieder aufzulegen.

Vielleicht, weil er da schon merkte, dass er durch diese Aktion mehr Schaden angerichtet hatte, als sein eigentliches Ziel zu erreichen: mich einzuschüchtern

Als jemand mit Anstand bedankte ich mich (höhnisch) grinsend und fragte fast schon spöttisch: *„Ist noch irgendwas, oder darf ich jetzt fahren?“*

Mit einer etwas widerwilligen Geste ließ er mich gewähren und murmelte noch ein mittlerweile deutlich kleinlauter klingendes *„Überlegs Dir!“*.

Spätestens jetzt war klar, dass er sich die Situation in der Theorie wohl ganz anders vorgestellt hatte. Das stachelte mich nur dazu an, beim Vorbeifahren den Leuten zuzuwinken und mich mit einem *„Tschüss, bis zum nächsten Mal“* und einem fetten Grinsen zu verabschieden.

Ja, mein Herzschlag war immer noch stark beschleunigt, aber ich spürte eine gewisse Überlegenheit über diese Knallköpfe, die dumm genug waren, so eine Aktion so derart öffentlich und somit vor zahlreichen potenziellen Zeugen durchzuführen.

Immerhin sollte mein Onkel Udo in diesem Punkt noch dazu lernen.

Ich für meinen Teil war an diesen Tag erstmal erleichtert, als ich in meiner sicheren Wohnung ankam.

Doch sollte ich sie und vor allem meinen Erzeuger damit durchkommen lassen?

Wohl eher nicht ...

⌛ 37

Der Rosen(montags)krieg (oder: Türkisch für Anfänger)

Montag, 23. Februar 2004

Welches Ereignis verändert einen Menschen am meisten? Die Pubertät? Geld? Macht? Der erste Döner?

Das Ereignis, dass sich ohne Übertreibung als einer der wichtigsten Wendepunkte in meinem Leben bezeichnen lässt, wurde am Rosenmontag 2004 eingeleitet.

Ein Tag, an dem ich begann, einige Dinge aus einem anderen Blickwinkel zu betrachten, das Vorhandensein potenzieller Fehlbarkeit von Elternteilen langsam aus dem Unterbewusstsein in das Bewusstsein wechselte und eine Kette von Ereignissen ausgelöst wurde, die mich letztendlich auch mit zu einem Menschen gemacht hatten, den es 11 Jahre später in seine neue Wahlheimat nach Berlin ziehen würde.

Eigentlich war es ein ganz normaler Tag. Ich war junge 18 Jahre alt, war mit der Schule fertig, durfte Auto fahren, begann langsam das Nachtleben für mich zu entdecken, wohnte noch bei meinen Eltern in Unterleinleiter - und arbeitete als Selbstständiger für die Firma meines Erzeugers in Forchheim, für den ich damals noch das „V-Wort“ verwendete.

Mike, Udo und Mike´s Karin arbeiteten ebenfalls für ihn - also ein richtiger Familienbetrieb mit noch einigen zusätzlichen Angestellten.

Ich hatte dort mit meiner Einmann-Firma (die hauptsächlich für ihn gearbeitet hatte) ein eigenes kleines Büro und arbeitete i.d.R. von 7 bis 17 Uhr - mein Erzeuger kam und ging meistens vor und nach mir. Zumindest bis zu diesem Tag ...

Kurz vor 17 Uhr kam mein Onkel Mike in mein Büro und fragte, ob ich wüsste wo der „Meister“ (so nannten einige damals in der Firma meinen Erzeuger) wäre. Er hätte sich vor einer halben Stunde bei ihm für heute verabschiedet und meine Mutter hätte angerufen und gemeint, dass er sie angerufen hätte, total seltsam gewesen wäre und gemeint hätte, nicht mehr nach Hause zu kommen.

Obwohl der „große Meister“ streckenweise einen noch seltsameren Humor hatte als ich, kam mir die Situation etwas eigenartig vor, wobei ich das Ganze zunächst trotzdem nicht besonders ernst nahm. Vielleicht wollte er eine kleine Überraschung für meine Mutter vorbereiten und daher rechnete ich fest damit, dass er vor mir zu Hause wäre.

Also eine Überraschung gab es tatsächlich ... Nur nicht eine ganz so kleine!

Zuhause angekommen war da: Mein kleiner Bruder und meine Mutter, die mir genau das erzählte, was mir Mike zuvor erzählt hatte. Was zum Teufel war denn jetzt auf einmal los hier? Ein doch sehr schlechter Scherz von ihm - so war ich nach wie vor überzeugt.

Als dann gut zwei Stunden später - pünktlich zu „Gute Zeiten, schlechte Zeiten“ - zu Abend gegessen wurde, mein Erzeuger immer noch nicht aufgetaucht war und mein kleiner Bruder (damals noch 4 Jahre alt) meine Mutter ständig nach dem Papa fragte und sie nur etwas forsch meinte *„der Papa kommt nicht mehr“*, realisierte ich langsam, dass da etwas ganz anderes als ein schlechter Scherz in der Luft hing.

Kurzfassung: Firmenchef bekommt Midlife-Krise und fängt Affäre mit Mitarbeiterin an, Mama „not amused“, Ehemann der Mitarbeiterin (sie Deutsche - er Türke) erst recht nicht „amused“, Erzeuger provoziert Türke, Türke droht Erzeuger und dann kommen ja auch noch die Russen, die Sache mit den „angeschossenen“ Autos und einer der lächerlichsten Selbstmorddrohungen, die sogar für „Mitten im Leben“ zu unglaubwürdig gewesen wäre ... und dann war ja noch die Sache mit dem vollgepissten Teppich. Ups ... Spoileralarm ... Sorry ...

Aber der Reihe nach!

Am nächsten Morgen fand ich den werten Herrn in der Dachkammer seiner Firma vor - zerfließend im Selbstmitleid gestand er mir, dass er nicht mehr mit meiner Mutter zusammenleben könne und auch schon „eine Neue“ hätte.

Wen, wollte er mir natürlich nicht verraten. Aber da ich mehr mitbekomme, als mir auch schon damals die meisten zugetraut hätten, erinnerte ich mich an ein sehr intensives und mehr oder weniger (eher weniger) „geheimes“ Gespräch zwischen ihm und einer seiner Mitarbeiterinnen (Peggy) am Vortag.

Darauf angesprochen bestätigte mir sein erstaunter Gesichtsausdruck meine These. Nicht das letzte Mal, an dem er mich unterschätzen sollte ...

Natürlich musste ich ihm hoch und (schein)heilig versprechen, dass ich es für mich behalten würde - nur damit ich nach ca. einer Woche erfahren sollte, dass es eigentlich so ziemlich jeder schon inoffiziell wusste, weil die anderen ebenso wenig dämlich waren wie ich. Zumindest in diesem Punkt - aber dazu später mehr.

Meine Mutter blieb für die Rolle der gehörnten Ehefrau der Situation entsprechend erstaunlich gelassen.

Die deutsch-türkische Freundschaft dagegen erlitt einen schweren Dämpfer, als auch Peggy´s Ehemann Mohammed Wind von der ganzen Sache bekam und mein Erzeuger obendrein meinte, ihn unter Einfluss des wohl (wieder) lieb gewonnenen flüssigen Berauschungsmittels auch noch provozieren zu müssen - und dafür blieb Mohammed der Situation entsprechend wiederrum erstaunlich gelassen.

Das Ganze erreichte schließlich seinen vorläufigen Höhepunkt, als wenige Wochen später meine Mutter zusammen mit meinem Bruder und dem untreuen Ehemann einen Versuch unternehmen wollte, der Noch-Ehe mit einem gemeinsamen Wochenendausflug neues Leben einzuhauchen.

Da mein Erzeuger an diesen Samstag natürlich plötzlich arbeiten musste, fuhr meine Mutter mit meinem Bruder vormittags schon mal vor und mein Erzeuger versprach, am frühen Nachmittag hinterher zu kommen.

Ich durfte an diesem Wochenende endlich einmal wieder die Stille eines in den letzten Wochen etwas lauter gewordenen Zuhauses genießen - zumindest war das der Plan.

Gegen 15 Uhr rief mich mein Erzeuger an und erzählte mir, dass er sich - falls meine Mutter fragen würde wo er bleibt - total verfahren hätte. Im Hintergrund war Verkehrslärm zu hören. Nur blöd, dass er nicht daran gedacht hatte, von seinem Handy aus anzurufen und ich ihn verwundert fragte, warum denn die Firmennummer im Display angezeigt wird, obwohl er doch schon unterwegs sei.

Erst kam er mit irgendeiner „wahrscheinlich-Umleitungs-bla-bla“-Ausrede, aber dann fiel ihm wohl plötzlich wieder ein, dass er mich nicht zum ersten Mal unterschätzt hatte und gab schließlich recht schnell zu, noch gar nicht losgefahren zu sein. Er wollte sich erst noch mit Mohammed treffen und mit ihm die Angelegenheit klären, bevor dessen Drohungen noch mehr eskalieren würden (tja, Wespennest und so, wa?).

Und weil ja ein Wochenende Zuhause in Ruhe und Frieden viel zu langweilig gewesen wäre, bekam ich ca. eine Stunde später von meinem Erzeuger den Auftrag, ihn jede halbe Stunde auf dem Handy anzurufen, damit Mohammed „nicht auf dumme Gedanken kommt" - ein ziemlich sinnloser Plan, da er mir nicht verraten wollte, wo sie sich denn überhaupt treffen würden.

Im Laufe des späten Nachmittags und frühen Abends rief ich ihn also als treusorgender Sohn (der ich damals noch war) pünktlich jede halbe Stunde an und bemerkte mit jedem Anruf auch seinen stetigen alkoholbedingt eingeleiteten Sprachverlust.

Hmm ... Wie er wohl sein Versprechen halten will und sich noch mit meiner Mutter zum Wochenendausflug treffen will? Zumindest glaubt er immer noch fest daran, dass sie nicht schon längst realisiert hätte, dass er nicht mehr kommen würde. Und warum sollte ich sie dahingehend anlügen?

So gegen 19 Uhr (pünktlich zum halbstündigen Kontrollanruf) war er dann nicht mehr in der Lage, selbst an sein Telefon zu gehen, was stattdessen Mohammed für ihn erledigte - und angestrengt versuchte, das Gelalle meines Erzeugers für mich zu übersetzen.

Mohammed und ich vereinbarten, dass er ihn und sein Auto nun nach Hause bringen würde (den Autoschlüssel hatte er ihm wohl schon längst abgenommen) und ich dafür Mohammed anschließend zu seinem Auto fahre.

Seltsam, keinerlei Drohungen oder irgendeine Art von bösem Wort - dafür, dass mein Erzeuger ihm die Frau ausgespannt und ihn in den letzten Wochen dauernd provoziert hatte, war er unglaublich entspannt. Ich an seiner Stelle hätte meinen Erzeuger wohl einfach in der Bar, in der sie sich getroffen hatten sitzen gelassen und ihm gewünscht, dass er betrunken gegen den nächsten Baum fährt.

Gut 20 Minuten später klingelte es an der Tür und Mohammed brachte meinen Erzeuger - der neben seiner sprachlichen, auch die Fähigkeit der selbstständigen Fortbewegung verloren hatte (mal von seiner Würde ganz zu schweigen) - in die Wohnung.

Da ich damals noch um das Wohlergehen meines Erzeugers besorgt war und fürchtete, dass er entweder beim kläglichen Versuch der selbstständigen Fortbewegung die Treppen hinunter, oder wahlweise durch die alternativ zur Sicherheit geschlossenen Glastür fallen könnte, beschloss ich kurzerhand meine Tante Karin anzurufen, damit sie in der Zeit, in der ich meinen Erzeuger alleine lasse um Mohammed zu seinem Auto zu bringen, auf meinen Erzeuger aufpasst.

Da sie damals nur wenige Minuten entfernt wohnte und über die Situation durch meine Mutter größtenteils ohnehin schon informiert war, war sie wenige Minuten später vor Ort und ich konnte Mohammed nach einem auch für ihn langen und stressigen Samstag endlich zu seinem Auto bringen.

Wieder Zuhause angekommen war zwischenzeitlich auch meine Mutter mit meinem Bruder wieder zurück. An ihrer Stelle hätte ich stattdessen lieber das Wochenende jenseits der eigenen vier Wände ohne meinen Erzeuger genossen.

Ach ja, von ihm wurde ich am nächsten Tag natürlich angemault, weil ich meiner Tante Bescheid gegeben hatte, damit sie aufpasst, dass ihm im Suff nichts passiert.

„Erzähl es doch gleich im ganzen Dorf rum!“ - nun, das wäre eigentlich keine schlechte Idee gewesen.

Das war das erste Mal, dass mich sein Rumgemaule komplett kalt gelassen hatte ...

Aber es sollte nicht das letzte Mal gewesen sein ...

⌛ 46

The Sarah Chronicles

Erinnert ihr euch noch an Sarah?

Ja, da war doch was vor ein paar Kapiteln ...

Sarah lernte ich beim Annafest 2006 kennen. Sie war eine gute Freundin von Maren, die wiederrum die Freundin von David war, den ich seit der Schulzeit kannte und damals zu meinen Kumpels zählte.

Sie lief uns damals zufällig mit ihrem Freund entgegen und Maren begrüßte sie kurz und zum Abschied gab es für jeden eine Umarmung - vor der ich mich jedoch beharrlich sträubte, da ich grundsätzlich niemanden umarme, den ich nicht kenne und vor allem vertraue.

Gute neun Monate später war sie zwar nicht schwanger, aber von ihrem Freund getrennt und sie und ihre Schwester begleiteten uns (Maren, David und meine Wenigkeit) zum Thuisbrunner Frühlingsfest.

Ja, genau das Thuisbrunner Frühlingsfest, an dem ich das Asperger-Syndrom als Erklärung meiner Macken entdeckt hatte.

Wir redeten an diesen Abend zwar kein Wort miteinander, aber ich nahm sie durchaus wahr.

Und ab da war sie irgendwie meistens mit dabei. Bei diversen Altstadtfesten, Kerwas, Grillabenden und Discothekenbesuchen.

Als sie und ihre Schwester sturmfrei hatten, lud sie die Clique (inkl. Meiner Wenigkeit) zum Grillen bei sich zu Hause ein.

An diesen Abend haben wir uns dann tatsächlich auch das erste Mal richtig unterhalten und sie war doch recht erstaunt, wie zutraulich ihre sonst Fremden gegenüber sehr zurückhaltenden Kätzchen bei mir waren - und ja, die eindeutig zweideutigen „Muschi-Witze“ werde ich mir an dieser Stelle sparen ...

Was soll ich sagen? Zumindest Katzen mögen mich. Und immerhin war ich ihr gegenüber ja auch recht zutraulich - dafür, dass ich sie damals nicht kannte ...

Im Laufe des Jahres hatte sich ein sehr freundschaftliches Verhältnis zwischen uns entwickelt und ich durfte auch mehr als einmal den Streitschlichter zwischen ihr und Maren spielen.

Wir hatten die gleichen Interessen, den gleichen Musikgeschmack und größtenteils auch die gleichen Ansichten.

Dass sie den gleichen Nachnamen wie die Mutter meines Erzeugers trug, tat dem Vertrauensverhältnis, das sich recht schnell zwischen uns aufgebaut hatte, keinen Abbruch.

Einen Dämpfer bekam die Freundschaft zwischen uns zwischenzeitlich, als sie realisierte, dass ich womöglich mehr als nur Freundschaft für sie empfinden würde.

Ganz so unrecht hatte sie damit zwar nicht, aber da sie auch klar gemacht hatte, dass sie eben „nur“ eine Freundschaft will, behielt ich meine wahren Gefühle für mich und gab mich mit „nur“ Freundschaft zum Schutz eben genau dieser zufrieden.

Nur Maren kannte mein „Geheimnis“ und ich rang ihr das Versprechen ab, Sarah niemals davon zu erzählen.

Im Oktober 2007 kam sie schließlich mit Steven zusammen.

Ich kannte Steven noch aus der Schulzeit und er war schon damals jemand, der den Leuten das erzählt, was sie hören wollen - zumindest dann, wenn er sich dadurch einen persönlichen Vorteil verspricht.

Menschen wie Steven gehören nicht gerade zu meinen Lieblingsmenschen und so versuchte ich ihn die meiste Zeit zu ignorieren und - falls doch mal nötig - dann halt zu tolerieren.

Wahrscheinlich wollte ich mit ihm auch deswegen möglichst wenig zu tun haben, weil er seine damalige Freundin Ashley aufs Abstellgleis verfrachtete und sich erst von ihr trennte, als sicher war, dass er und Sarah ein Paar werden würden.

Sarah nahm das mit ihrer rosaroten „Schmetterlinge-im-Bauch-Brille" natürlich nicht wahr, ihre beste Freundin Maren wollte es sich nicht mit ihr verscherzen und ich betrachtete mich bei dieser Thematik ohnehin als befangen - so wurde das Thema Ashley in der Clique (zumindest wenn Sarah dabei war) komplett totgeschwiegen.

Das freundschaftliche Verhältnis zu Sarah begann ab da allerdings unaufhaltsam zu bröckeln ...

⌛ 50

Die Höhle der Löwen

Donnerstag, 19. Juli 2007

Am Tag nach dem „Aufstand der Eierköpfe“ war mein Puls wieder im Normalbereich und ich fuhr mit dem Rad zur Arbeit, wo ich von ein paar besorgten Kolleginnen begrüßt wurde und erst einmal erklären und beruhigen musste, dass die Leute vom Vortag zum Gefolge meines Erzeugers und teilweise zu meiner Verwandtschaft gehören und mich „nur“ etwas einschüchtern wollten, damit ich die kleinen Gaunereigeheimnisse meines Erzeugers nicht ausplaudere.

Der Umstand, dass die Gefolgschaft meines Erzeugers durch das öffentliche Abfangen vor meinem Arbeitsplatz mehr Aufmerksamkeit erregen würde, als ihnen lieb sein dürfte, hatte vermutlich vorher keiner von denen bedacht.

Umso wichtiger war es, dass ich mir meine weiteren Schritte genau überlegen würde.

Und so fuhr ich nach der Arbeit mit dem Fahrrad zu der etwa 3 km entfernten Firma meines Erzeugers.

Warum? Nun, ich wollte klarstellen, dass ich mich von dieser Aktion nicht einschüchtern lassen würde - und das geht nun mal Besten, indem man sich direkt in die Höhle der Löwen begibt. Außerdem sollte sich mein Erzeuger nicht hinter seiner Gefolgschaft verstecken dürfen, weswegen ich ihn direkt konfrontieren wollte.

Aber natürlich tat ich das nicht ohne eine kleine Absicherung: Bevor ich beim „Planeten der Affen“ ankam, telefonierte ich noch mit einer Mitwisserin meines Sicherheitsbriefes, teilte ihr meine Zieladresse mit und bat sie, die Polizei zu rufen und von dem hinterlegten Brief zu erzählen, falls ich mich nicht innerhalb der nächsten Stunde bei ihr melden sollte.

Sie hielt es zwar zunächst für einen Scherz, kannte aber auch die Geschichten rund um meinen Erzeuger und willigte schließlich ein.

Klar war die Wahrscheinlichkeit eher gering, dass mir dort etwas passieren würde, aber ich bin eben auch gerne vorbereitet und wollte mich nicht noch einmal so eiskalt erwischen lassen wie am Vortag.

Bei der Firma meines Erzeugers angekommen, nahm ich einen tiefen Atemzug und klingelte schließlich. Früher konnte man durch diese Tür bis zu einen Empfangstresen ungehindert durchlaufen, aber seit der Aktion mit Svetlana´s Ehemann und den Autos (uups, Spoileralarm), war die Tür verschlossen und mit einen Türspion versehen.

Da niemand öffnete, klingelte ich nochmals und konnte schließlich Getuschel von hinter der Tür vernehmen. Vermutlich hatte jemand durch den Türspion geschaut und nun musste wohl erstmal beraten werden.

Bähm - diesmal ist die Überraschung auf meiner Seite!

Schließlich öffnete Mike die Tür und fragte mich überrascht, was ich denn hier wolle.

„Na mit dem großen Herrn und Meister über seine Aktion von gestern sprechen", entgegnete ich leicht spöttisch.

Natürlich sei er nicht da, was aber fast im selben Moment von mir entkräftet wurde, da sein Auto ja auf dem Parkplatz stand. Bähm - verarsch´ Dich selber Mike.

Nach kurzer Überlegung führte mich Mike schließlich etwas genervt außen um die Halle herum in den hinteren Hallenbereich. Wahrscheinlich sollte möglichst niemand mitbekommen, dass ich hier bin.

Für sein genervtes *„für so eine Scheiße habe ich keine Nerven“* fehlte mir das Mitleid. Ich wies in darauf hin, dass es Leute gibt, die wissen würden wo ich aktuell sei, was ihn aber wohl nur noch mehr nervte. Der Arme. Buhu.

Am anderen Ende der Halle angekommen sollte ich kurz warten, wurde dabei aber von meinem Cousin Mark „bewacht“.

Irgendwie schien es so, als ob auch er von meiner Anwesenheit genervt sei - aber hatte ich mich gestern über seine Anwesenheit bei der großen „Family-And-Friends-Parade“ beschwert? Ich glaube nicht ...

Nach etwa zwei Minuten tauchte Udo auf und verwies mich direkt harsch vom Firmengrundstück. Logisch, da mich ja sein Bruder Mike erst hierher gebracht hatte.

Aber wahrscheinlich war bei der anfänglichen Panik, die meine Anwesenheit wohl ausgelöst haben muss, nicht genug Zeit, um sich untereinander abzustimmen.

Ich warnte ihn zum Abschied vor weiteren Aktionen und wünschte ihm übertrieben freundlich noch einen schönen Tag.

Als ich schließlich gut eine halbe Stunde später Zuhause ankam, gab ich schließlich noch meiner Sicherheitsbriefbeauftragten Entwarnung und fragte mich, ob die Fronten denn nun geklärt wären.

Spoiler: Waren sie nicht. Noch lange nicht!

⌛ 60

... und dann kam [die, deren Namen ich niemals ausspreche]

Montag, 02. August 2004

Nun stehe ich hier mit meinem knallroten Renault Clio und warte am Treffpunkt - auf ein weibliches Wesen. Premiere. Der Beginn einer Ereigniskette, an der ich noch lange zu knabbern haben würde und die mich - sowohl positiv, als auch negativ - nachhaltig verändern sollte.

Dass dieses Jahr alles andere als normal sein würde, hatte sich ja schon seit Februar abgezeichnet: Trennung meiner Eltern, erste eigene Wohnung, Umstellung auf Kontaktlinsen, Fehde mit meiner Mutter und schließlich [die, deren Namen ich niemals ausspreche].

Wie es dazu kam, dass ausgerechnet ich ein Date habe? Mit „gerade einmal" 19 Jahren?

Nun, den Ursprung sehe ich bis heute in dem Unwetter, dass zehn Tage zuvor wütete.

Eigentlich hatte das Unwetter damit nicht direkt etwas zu tun, außer dass es - wie viele wichtige Ereignisse in diesem Jahr - an einem 23. des Monats stattfand. Doch durch dieses Unwetter hatte ich damals irgendwie das Gefühl oder eine Art Vorahnung, dass eine große (also noch größere) Veränderung unmittelbar bevorstehen würde.

Es war Freitag, der 23. Juli 2004 und ein damaliger (italienischer) Kollege namens Giovanni lud mich nach der Arbeit zum Essen mit seiner Familie in ein italienisches Restaurant in Bammersdorf ein.

Warum, weiß ich nicht mehr. Wahrscheinlich aus Gründen.

Was ich aber noch weiß, ist, dass ich auf dem Hinweg bei strahlend blauem Himmel die „Bravo Hits 10" im Auto hörte.

Der Weg von Forchheim nach Bammersdorf führt über eine kurvenreiche Waldstraße in der Nähe vom Kellerwald, in dem jedes Jahr Ende Juli / Anfang August das Forchheimer Annafest stattfindet.

Das Forchheimer Annafest kann man sich wie einen 10-tägigen Jahrmarkt mit über 20 Bierkellern vorstellen - eine Art Kleinstadt-Oktoberfest und gleichzeitig eines der wenigen Highlights des Jahres in Forchheim.

Eigentlich ist es eine Art Tradition, dass es immer am ersten Annafest-Samstag ein Unwetter gibt und es wie aus Eimern schüttet. In diesem Jahr sollte diese Tradition allerdings gebrochen werden und der Regenschauer bereits einen Tag früher über Forchheim und dessen Umland hereinbrechen - nämlich an diesen Freitag, den 23. gegen 22 Uhr.

Quasi von jetzt auf gleich wurde aus dem lauen Sommerabend ein lauer Starkregen-Sommerabend mit Blitz und Donner - was auch noch eine Stunde später anhalten sollte, als ich mich mit dem Auto auf dem Heimweg machte, dabei über die zuvor beschriebene Waldstraße fuhr und im Auto die zuvor erwähnte „Bravo Hits 10“ hörte.

Die Waldstraße war aufgrund der hohen und dicht bewachsenen Bäume fast trocken, aber dennoch konnte man die Blitze durch die Baumwipfel sehen und natürlich auch den Donner hören.

In diesem Moment ertönte der Song „Nostra Culpa“ von „Imperio“ in meinem CD-Player.

Dieser Moment auf der Waldstraße mit dem Gewitter und dem Song war einfach perfekt. Ich spürte eine innere Stärke und Hoffnung und wusste (ja, wusste!) in diesem Moment irgendwie, dass das Jahr noch mehr, noch etwas Größeres für mich bereithalten würde.

Und: Ich bin zwar nicht Abergläubig (das bringt nur Unglück), aber seitdem (bis heute) höre ich immer, wenn es draußen gewittert (ok, drinnen gewittert es eher selten - es sei denn, man ist verheiratet) „Nostra Culpa“ von „Imperio“ ...

Und natürlich den Donner-Buddy-Song aus „Ted“ ...

Und die „Gewitter-Oma“ ...

Dieses Unwetter (oder viel mehr dieser Moment) hat mir die Kraft, die innere Stärke und ja, das Selbstvertrauen für die Ereignisse gegeben, die kurz darauf folgen sollten.

Einige Tage später - es dürfte Dienstag oder Mittwoch gewesen sein - kam eine damalige Kollegin zu mir und meinte: *„Da ist ein Mädchen, dass sich für Dich interessiert!“*

Na klar, ein Mädchen, dass sich für MICH interessiert ... Was kommt als nächstes? Eine Frau aus Ostdeutschland (eigentlich aus Hamburg) als Bundeskanzlerin? Ok, letzteres sollte eineinhalb Jahre später ja tatsächlich eintreten, wobei sich da über den Anteil der weiblichen Komponente durchaus streiten lässt ...

Nach dem Wochenende - also am Montag, den 02. August 2004 - kam die selbe Kollegin erneut zu mir und meinte: *„Das Mädchen, dass sich für Dich interessiert ist heute da.“*

Ja ne, is klar ... Oder ist da vielleicht wirklich was dran?

Neeee ...

Aber da mein damaliges Büro neben dem Raum lag, in dem sie angeblich arbeiten sollte und sich dazwischen ein kleines Fenster befand, würde es ja nicht schaden, beim (an diesem Tag gehäuften) vorbei laufen unauffällig durch das Fenster zu lugen, um zu sehen, wer sich denn da angeblich für mich interessieren sollte.

Und ich sah: niemanden, den ich nicht kennen würde und der, bzw. die nicht sonst auch da waren - und von denen passte schon alleine altersmäßig niemand zu der Beschreibung. Wo ist die versteckte Kamera?

Gegen 16 Uhr kam dann die aktuelle Geliebte meines Erzeuger zu mir (hatten wir eigentlich schon das Russen-Thema? Mist, schon wieder gespoilert ... Ok, in einen der nächsten Kapitel, versprochen!) und tischte mir die selbe Story des angeblich an mir interessierten Mädels auf - und ich sollte für sie doch mal meine Handynummer aufschreiben.

Ok, dann spiel ich dieses Spiel halt mit und schreibe meine Handynummer auf ...

Was dann passierte war: Nichts! Naja, zunächst ...

Etwa eine Stunde später erhielt ich eine SMS - das damals auf regulär 160 Zeichen beschränkte mobile Kommunikationsmittel vor dem Zeitalter von WhatsApp & Co.

„Ich finde Dich interessant und würde Dich gerne kennen lernen." - Ooookaaay, Kurt Felix is back?

„Ist das ernst gemeint?" war meine misstrauische und zugegeben für den Fall der „Echtheit" dieser Nachricht sehr abweisend wirkende Antwort. Aber hey, warum sollte ich für irgendwelche Späße dieser Art meine Zeit verschwenden?

Ich weiß den Wortlaut ihrer Antwort darauf leider nicht mehr, aber diese war zumindest überzeugend genug, als dass ich mich einige Nachrichten später schließlich zu einem Treffen am selben Abend hinreißen ließ.

Und damit sind wir wieder am Anfang dieser Geschichte: Ich stehe mit meinem Auto am Treffpunkt am Ebermannstädter Krankenhaus und warte auf mein erstes Date.

Ein kleiner Teil von mir hält das Ganze immer noch für einen semi-lustigen Scherz, ein anderer Teil denkt an die „Vorzeichen“ zehn Tage zuvor und hofft das Beste ...

Mit gut zehn Minuten Verspätung kommt plötzlich ein junges Fräulein auf mein Auto zu. Ist sie das?

Hmm ... Nicht das anmutigste Wesen, dass mir jemals begegnet ist, aber schließlich kommt es ja vor allem auf die inneren Werte an.

Sie öffnet die Beifahrertür, begrüßt mich und steigt in mein Auto ein, ohne vorher sicherzustellen, ob ich nicht vielleicht ein gesuchter Serienkiller bin.

Ok, wirklich sicherstellen kann man das ohnehin nicht.

Auf die Frage, warum sie denn einfach so furchtlos in mein Auto gestiegen ist, sollte sie einige Tage später antworten, dass meine Kolleginnen (die sie privat über ihre Familie kennt) das sicherlich erwähnt hätten und ein gesuchter Serienkiller wahrscheinlich kein „Bernd-das-Brot-Stofftier“ am Rückspiegel hängen hätte. Na hoffentlich spricht sich das bei den Serienkillern nicht rum, dass man sich mit „Bernd das Brot“ unverdächtig macht ...

Da an diesem Montag der letzte Tag des Annafestes war, wurde dieses als Zielort für das erste Date auserkoren.

Ich fuhr mit ihr also von ihrem Wohnort Ebermannstadt in das rund 10 km weiter gelegene Forchheim und hielt vor meiner Wohnung - nicht, weil ich sie zum ersten Date darin einladen wollte, sondern weil meine damalige Wohnung zufällig fußläufig zum Annafest lag.

Ganz gentlemanlike lud ich sie zu diversen Fahrgeschäften, Zuckerwatte & Co. ein und unterhalten haben wir uns auch noch.

Alles in allem war es irgendwie ein durchaus netter Abend, bei dem es für mich - nachdem ich sie wieder Zuhause abgesetzt hatte - nur ein Problem gab:

Wie zum Teufel geht es nach einem ersten Date eigentlich weiter?

Und falls sich daraus mehr entwickeln sollte: Wie lange leben Partner eigentlich und was fressen die? Sind die von Haus aus stubenrein?

Fragen über Fragen ...

⌛ 57

Voll (ist the new) normaaal

Frühjahr 2004

Nachdem das potenzielle Versöhnungswochenende meiner Noch-Eltern an den Provokationen meines Erzeugers (damals noch: „Vaters“) und dem türkischen Widerstand von Mohammed gescheitert war, widmete sich mein Erzeuger - entgegen der Abmachung mit ihrem Mann Mohammed - nicht nur wieder dessen Ehefrau Peggy, sondern auch zunehmend seinem Kumpel Johnnie, bzw. allgemein irgendwelchen Fusel.

Da es sich bekanntlich auf einem Bein schlecht stehen lässt, nutzt man als ohnehin sowieso schon untreuer und unverantwortlicher Familienvater natürlich lieber das Auto zur weiteren Fortbewegung, während die nüchterne Geliebte (welche ebenfalls im Besitz eines Führerscheins ist) natürlich auf den Beifahrersitz verwiesen wird.

Sicherlich stand jeder von uns schon einmal vor dem Problem, seinen Restalkohol und somit seine Fahrtüchtigkeit korrekt einzuschätzen - bei stolzen 1,4 Promille vermag aber sicherlich auch ein unerfahrener Laie, das eine oder andere Anzeichen erkennen zu können.

Die logische Konsequenz? Entzug - und sei es nur der Entzug der Fahrerlaubnis.

Und da sich nach so einem Erlebnis - wie einer Polizeikontrolle nach einer Alkoholfahrt - selbst eine Geliebte solchen Situationen in Zukunft lieber entziehen möchte, war mein Erzeuger nicht nur seinen Lappen los, der Lappen war anschließend aufgrund dieser kleinen Lappalie auch seine Geliebte los. Lebt sie mittlerweile in Lappland? Lap(p)idar gesagt: Nein.

[Dieser wortspielangereicherte Abschnitt entstand ohne jeglichen Alkoholeinfluss, dafür aber unter dem Einfluss von Musik des Komponisten Mozart (der mit den Kugeln)]

Was sollte mein Erzeuger nun tun? Eine Anzeige schalten?

„Einsamer sucht Einsame zum einsamen“?

Die eigene Ehe und die Ehe seiner (nach der Aktion dann ehemaligen) Mitarbeiterin / Geliebten zerstört - kleiner Mann, was nun?

Wie wäre es mit einem Hattrick?

Klar, warum nicht ...

Welches Land darf es denn diesmal sein?

Wie wäre es mit der ehemaligen Sowjetunion?

Liegt doch nahe, immerhin gibt es da doch eine kleine Auswahl verheirateter Frauen im fremdgehfähigen Alter unter den eigenen Mitarbeiterinnen.

Und so viel die Wahl diesmal auf: Svetlana

⌛ 75

Berlin is coming [2]

Dienstag, 31.03.2015 - 07:01 Uhr

Der Wecker hatte sich wie bestellt um 06:55 Uhr zum Dienst gemeldet. Und natürlich ist einmal Schlummertaste Pflicht - so will es das heilige Wecker-Gesetz.

Ich raffe mich anschließend auf, mit einer Gefühlsmischung aus „jetzt geht´s loooos“ und „Oh Gott, jetzt geht´s los“, wobei ich aufgrund meines Kirchenaustrittes vor einigen Monaten keinerlei Lizenzreche mehr zur Nutzung des „G-Wortes“ habe.

Warum ich aus der Kirche ausgetreten bin? Nun ja ... Etwa ein halbes Jahr zuvor hatte ich die Mitgliedschaft im Fitnessstudio gekündigt, weil ich da eine halbe Ewigkeit nicht mehr gewesen bin - und in der Kirche war ich noch viel länger nicht mehr.

Natürlich verlangt die katholische Kirche in Bayern - anders als andere Vereine oder Abonnements - eine Austrittsgebühr von stolzen 35.- EUR. Aber da mich seit meinem 10-jährigen Ministranten-Dienst im Teenie-Alter nichts mehr mit dieser Institution verbindet, war es an der Zeit zu gehen.

Ohnehin gab es in letzter Zeit viele Abschiede und der eine oder andere würde mir heute noch bevor stehen.

Ich ziehe mein Bett ab und packe die Bettwäsche zu anderen ausrangierten Klamotten in einen großen Müllsack. Diesen werde ich bei meiner Fahrt aus Forchheim heraus in einen Altkleidercontainer werfen. Ja, die Bettwäsche ist somit ungewaschen, aber es heißt ja schließlich nicht umsonst „Altkleider“ und in den meisten Fällen, verdienen noch genügend Instanzen an dem Weiterverkauf - mein schlechtes Gewissen hält sich diesbezüglich also in Grenzen.

Alles andere ist bereits nahezu fertig gepackt. Ich werde auf meine Abenteuerreise in ein neues Leben nur vier Stapelboxen, einen Koffer, einen Rucksack, meine beiden Violinen, einen Monitor, einen Drucker, zwei Schuhkartons mit Erinnerungsstücken und ein Mini-Bügelbrett mitnehmen.

Den Rest habe ich bereits verschenkt, bzw. lasse es als Hausrat für den Nachmieter in der Wohnung. Irgendwie ein sehr befreiendes Gefühl.

Eigentlich hätte ich noch weniger mitnehmen können, aber an manchen unnützen Dingen hängt man halt doch zu sehr.

Vielleicht für den nächsten Neustart in ein neues Leben - dann aber wahrscheinlich im Ausland.

Die Schweiz oder die Niederlande wären da sicherlich aufgrund der Ähnlichkeit zur deutschen Sprache noch die heißesten Kandidaten.

Oder meine ursprüngliche Heimat: Sachsen - wobei ich diese gar eigenartige Sprache wohl von Grund auf neu erlernen müsste ...

Ich muss plötzlich an die Schultheater-AG in der neunten Klasse denken - damals hatten wir das Stück „Cafe Mitte“ aufgeführt, dessen Handlung in Berlin spielte.

War das bereits der erste Vorbote auf meine spätere Wahlheimat?

⌛ 64

Ziemlich beste Freunde? Am Arsch!

Samstag, 26. Juli 2008

Na was wird an diesen Samstag in Forchheim wohl gewesen sein? Na? Richtig! Auch diese Geschichte spielt sich wieder während des Forchheimer Annafestes ab.

Ihr Ursprung liegt allerdings ein paar Monate zurück, als Sarah immer noch mit Steven zusammen war und Maren, David und noch ein paar andere Bekannte es doch tatsächlich gewagt hatten, noch hin und wieder Kontakt mit Ashley (der Ex-Freundin von Steven) zu pflegen.

Was für ein unglaublicher Verrat, wo doch Sarah zum Schutz der Seifenblasenbeziehung mit Steven stets versuchte, das unangenehme Thema „Ashley" mit fast schon diktatorischer Härte möglichst vollständig zu unterdrücken.

Also kündigte sie schließlich ihren langjährig besten Freunden Maren, David und noch einigen anderen kurzerhand die Freundschaft auf.

Da ich mittlerweile mit David ohnehin nicht mehr befreundet war (man konnte sich leider nie auf ihn verlassen) und dadurch auch mit Maren nur noch sehr sporadisch Kontakt hatte, störte mich dies in der Sache an sich zwar nicht wirklich, aber der Grund dafür war einfach völlig dumm und zeigte mir doch sehr deutlich, dass Sarah sich in eine völlig falsche Richtung verändert hatte.

Ich selbst hatte sowieso nur einen temporären „über-drei-Ecken"-Kontakt zu Ashley über Steven und wurde daher von Sarahs „Rundum-Freundschaften-Kahlschlag" zunächst verschont.

Da Ashley, bzw. eher das unrühmliche Beziehungsende mit und durch Steven die Wurzel allen Übels war, kontaktierte ich Ashley über ICQ (*„Ah oh"*) und bat sie (wenn sie bereit dazu wäre), mir zu erzählen, wie genau denn Steven die Beziehung mit ihr beendet hatte.

Und tatsächlich bestätigte sie mir meine bisherige Vermutung, dass Steven erst mit ihr Schluss gemacht hatte, als er eigentlich schon sicher mit Sarah zusammen war. Auch hatte Sarah sich danach wohl ihr gegenüber nicht gerade fair verhalten, sie aus der Clique gedrängt und ihr den Kontakt zu den anderen sogar explizit verboten.

Ok, also eigentlich sogar schlimmer als gedacht - vor allem, weil Ashley hier eigentlich das Opfer war. Es wurde also Zeit, ein ernstes Vier-Augen-Gespräch mit Sarah zu führen.

Am darauffolgenden Samstag - der bereits erwähnte Annafest-Samstag - waren wir (Sarah, ihre Schwester, Steven und ich) ohnehin bereits verabredet und so warnte ich Sarah auf dem Weg zum Annafest schon einmal vor, dass ich später am Abend noch ein etwas ernsteres Gespräch mit ihr führen wolle.

Sie wollte es schnellstmöglich hinter sich bringen und so suchten wir uns ein ruhiges Plätzchen um zu reden.

Natürlich gefiel ihr nicht, was ich ihr über die Aufkündigung der Freundschaften aus den falschen Gründen und ihrem und Stevens miesem Verhalten Ashley gegenüber zu sagen hatte. Stattdessen versuchte sie meine Argumentation per Ablenkungsmanöver zu entkräften, indem sie mir erzählte, dass sie von Maren wisse, dass ich sehr wohl mehr als nur Freundschaft für sie empfinden würde.

Der Vertrauensbruch von Maren (immerhin hatte sie mir ihr Wort gegeben) überraschte mich traurigerweise nicht wirklich und ich versicherte Sarah, dass ich mich schon längst mit „nur“ Freundschaft zum Wohle eben genau dieser „abgefunden“ hätte und versuchte die Aufmerksamkeit wieder auf das eigentliche Thema zu lenken - allerdings mit eher mäßigem Erfolg.

Immerhin hatte sie mir nach dem Gesprächs (noch) nicht die Freundschaft gekündigt und verhielt sich den Rest des Abends ihrem Freund Steven gegenüber recht schnippisch.

Als er sie nach dem Grund für ihre plötzliche Verhaltensänderung ihm gegenüber fragte, meinte sie nur, dass sie später darüber reden würden.

Hatte ich bei ihr also doch zu einem Denkanstoß beigetragen? Ich hatte nicht vor, ihre Beziehung zu sabotieren, auch wenn ich der Meinung war, dass sie einen Besseren verdient hätte - auch wenn ich das nicht sein würde.

Aber ich empfand es auch als richtig und wichtig, sie darauf anzusprechen, wenn sie einen völlig falschen Weg einschlägt und sich wie ein Miststück gegenüber denen verhält, die sie vor nicht allzu langer Zeit noch zu ihren Freunden zählte.

Machen solche Gespräche Spaß und sind diese besonders angenehm? Natürlich nicht - aber genau das gehört nun mal auch zu einer richtigen Freundschaft dazu.

Am Ende des Annafest-Abends war die Stimmung zwischen ihr und Steven immer noch sehr frostig, unser Abschied dafür umso herzlicher. Ich ahnte ja nicht, dass das die letzte Umarmung zwischen uns sein sollte ...

Am nächsten Tag ging er dann los - ein mehrtägiger SMS-Schlagabtausch zwischen Sarah und mir und zeitweise auch Steven und mir. Aber von vorne.

Ihre erste Nachricht war noch relativ harmlos, sagte aber eigentlich schon alles aus:

> `Ich hab mit Steven geredet und er ist sehr sauer.`

```
Ich geb´ Dir den Tipp, Dich bei ihm zu
entschuldigen, sonst weiß ich nicht wie
es weitergehen soll und das will ich
nicht!
```

Ooookayyy ... Ich wusste zwar nicht, für was genau ich mich denn bei Steven entschuldigen sollte (und warum ich das tun sollte, weil SIE sonst nicht wisse wie es weitergehen würde), aber ich versprach ihr, ihm zu schreiben und zu versuchen, die Wogen zu glätten.

Eigentlich hätte mir diese Nachricht schon Warnung genug sein sollen, aber diese Freundschaft war mir nun mal sehr wichtig.

Steven reagierte erwartungsgemäß abweisend und ich fragte ihn daraufhin provokant, ob ihm Sarah denn nicht wichtig genug wäre, als dass wir das Ganze vernünftig klären könnten.

Natürlich hatte er keine andere Wahl, als darauf zu reagieren und schlug ein persönliches Treffen vor. Ich willigte ein und fragte nach dem wann und wo.

Statt mir zu schreiben, wann und wo das Treffen stattfinden soll, teilte er mir nur mit, dass Sarah auch dabei sein würde. Ooookayyy ... und weiter? Spekuliert er darauf, dass ich deswegen dann einen Rückzieher mache? Also fragte ich noch einmal nach dem wann und wo ...

Plötzlich hatte er in dieser Woche und am darauffolgenden Wochenende keine Zeit mehr, weil er nun auf einmal für ein paar Tage verreisen müsse - aber er würde sich in der kommenden Woche melden.

Tat er natürlich nicht.

Dafür meldete ich mich bei ihm und fragte, was denn nun mit dem Treffen sei, oder ob er einfach abwarten würde, bis Gras über die Sache gewachsen wäre.

Daraufhin meldete sich eine äußerst verärgerte Sarah und gab mir zu verstehen, dass sie von dieser ganzen Situation äußerst genervt sei. Sie teile mir auch mit, dass sie den Nachrichtenverlauf zwischen mir und Steven mitverfolgt hätte.

Ooookayyy ... Und was habe ich jetzt wieder Böses angestellt? Ihren Steven mit der Nase drauf gestoßen, dass er sich doch eigentlich melden wollte und die Angelegenheit (wegen der ja ER „sehr sauer" war) lieber im Sande verlaufen lässt, anstatt sich den Vorwürfen und einer Klärung zu stellen? Schuldig im Sinne der Anklage!

Das und noch einiges mehr schrieb ich ihr. Unter anderem kam in meinem Text an sie auch ein gemeinsamer Bekannter zur Sprache, dem sie vor Steven ihre Liebe gestand, der sie allerdings (für mich damals unverständlicherweise, mittlerweile durchaus nachvollziehbar) abblitzen ließ.

Ich schrieb ihr, dass man über diesen gemeinsamen Bekannten ja vieles sagen könne, aber dass er niemals so einen Mist wie Steven abgezogen hätte, da er - im Gegensatz zu Steven - Grundwerte wie Respekt, Anstand und Würde vertreten würde.

Bähm - das hatte gesessen!

Es war Samstagabend und ich beschloss, die Thematik für heute ruhen zu lassen und mir stattdessen einen Whiskey zu gönnen. Dass Steven gut eine Stunde später versuchte, mich auf dem Handy zu erreichen, war mir an diesem Abend dann doch sehr egal - ich hatte Diskussionsfeierabend!

Erst am nächsten Morgen las ich seine Nachricht:

> Hey Kid!
>
> Ich habe versucht Dich zu erreichen um mich Deinen Vorwürfen zu stellen, mit Respekt, Anstand und Würde.

„Aber Steven! Du versuchst doch nicht etwa, mich mit dieser Nachricht zu provozieren, um mir etwas Unüberlegtes zu entlocken, das Du dann bei Sarah gegen mich verwenden kannst, oooder?

Weiß Sarah von dieser Nachricht und war mit dieser so einverstanden? Oder wirst Du ihr diese Nachricht verschweigen und ihr stattdessen nur meine (dann hoffentlich unangemessene) Reaktion zeigen?

Und was, wenn ich Dir absolut sachlich zurück schreibe, direkt Bezug auf Deine Nachricht nehme, die unangemessene Wortwahl Deiner Nachricht kritisiere und damit erneut in Frage stelle, ob Du denn überhaupt an einer sachlichen Klärung interessiert sein würdest? Würde Sarah denn dann nicht Deine vorherige Nachricht an mich sehen wollen?“

Nach diesem Gedankengang verfasste ich also meine sachliche Antwort auf seine „Hey-Kid-Du-Spinner“-Nachricht.

Was sich daraufhin hinter den Kulissen abgespielt haben könnte, konnte ich nur erahnen, aber nach einiger Zeit kam eine absolut lammfromme, höfliche und zuweilen auch sehr schleimige Antwort von ihm.

Er fragte, wie er mir denn beweisen könne, dass er Sarah wirklich lieben und es ernst mit ihr meinen würde, dass er sich seit der Schulzeit toooootal verändert hätte und dass ich ihm doch bitte, bitte, bitte eine Chance geben solle.

Das nennt man dann wohl eine 180-Grad-Wende - und natürlich glaubte ich ihm kein Wort von seinem Rumgesülze ...

Von offener „ich-bin-sauer“-Opfer-Rolle, über Blockadehaltung, angeblicher Gesprächsbereitschaft, Rückzieher, totaler Provokation, bis hin zu schleimiger Unterwürfigkeit waren hier nun wohl alle psychologisch relevanten Stadien durchlaufen.

Zu seiner Verteidigung muss ich natürlich zugeben, dass ich durch meinen Erzeuger bereits zahlreiche Erfahrungen im Umgang mit Personen wie ihm sammeln konnte.

Ich gab ihm zu verstehen, dass mich seine plötzliche Einsicht und Kehrtwende doch sehr irritieren würde und es mir daher schwerfallen würde, seinen Worten und Absichten Glauben zu schenken.

Letztendlich spielte das aber ohnehin schon längst keine Rolle mehr - die Situation war mittlerweile zu festgefahren.

Sarah hatte ihre Prinzipien zugunsten des Erhalts ihrer Beziehungsseifenblase längst über den Haufen geworfen und Steven war eben, wie Steven schon zu Schulzeiten war.

Daher war Sarahs Vorschlag, die Freundschaft erstmal für ein paar Monate auf Eis zu legen, die einzig logische Konsequenz und die einzige (wenn auch minimale) Chance, die Freundschaft über kurz oder lang vielleicht noch retten zu können. Wenigstens darin waren wir uns schließlich einig.

Wollte ich überhaupt noch mit Sarah befreundet sein? Schließlich hatte die jetzige „Steven-Sarah“ kaum noch etwas mit der einstigen Sarah gemein, die ich für ihre Prinzipien und ihr Rückgrat respektierte - und mit der ich bei „Tabu“ fast telepathisch kommunizieren konnte.

Die Zeit würde es zeigen. Weihnachten in gut vier Monaten wäre die perfekte Gelegenheit, um einen (vielleicht letzten) Kontaktversuch zu starten und die Chancen für eine eventuelle Wiederaufnahme des freundschaftlichen Miteinanders auszuloten.

⌛ 66

Die (Chaos-)Camper

Samstag, 07. August 2004

Wie geht es nach dem ersten Date weiter?

Im Idealfall mit dem zweiten Date!

Nach dem ersten Treffen mit der, deren Namen ich niemals ausspreche, hatten wir uns zahlreiche SMS geschrieben und am darauffolgenden Wochenende wurde kurzerhand eine Art Firmencamping mit ca. zehn Leuten geplant - inkl. ihr, ihren Eltern, meinem Erzeuger, seiner aktuellen Geliebten und einigen anderen - überwiegen russischen - Kolleginnen und Kollegen.

Ich liebe Camping und freute mich daher auf dieses Wochenende - und ja, auch weil sie mit dabei sein würde.

Am Vormittag holte ich sie ab und folgte der Auto-Karawane zum See. Dort wollte ich als erste Amtshandlung mein Zelt aufbauen, wurde aber von ihr überstimmt (wie Männer halt bei einem Unentschieden gegen Frauen so überstimmt werden) und ließ mich schließlich überreden, meinen Schlafsack mit in ihr Zelt zu packen.

Was wohl ihre Eltern davon halten, dass sie mit einem fünf Jahre älteren Kerl zusammen im Zelt schläft? Immerhin ist sie erst knapp 16. Aber denen war es wohl egal. Immerhin waren sie ja mit meinen Kolleginnen befreundet, die mich wohl für einen anständigen Kerl hielten. Also reines Hörensagen.

Aber so ist das wohl in anderen Kulturen.

Immerhin kam ich mit ihrem Vater am Nachmittag noch ein wenig ins Gespräch und er erzählte mir von seiner Selbstständigkeit, seinem handwerklichen Geschick aufgrund seiner großen Hände (die waren wirklich riesig) und zeigte mir wie man angelt.

Angeln: Männer die auf Fische starren, bzw. den See in dem sich diese (vielleicht) befinden und irgendwann (vielleicht) anbeißen.

Yeah, ich kann mir nichts Aufregenderes vorstellen ...

Aber bei den Eltern der eventuell potenziell zukünftigen Freundin sollte man aus Höflichkeit auch für so langweilige Dinge wie dem Angeln zumindest ein bisschen Interesse heucheln. Heuchelei ist zwar eigentlich nicht so mein Ding, aber außergewöhnliche Situationen erfordern halt auch gesellschaftlich zwar anerkannte, aber für mich eher ungewöhnliche Maßnahmen.

Am Abend hatte sich offensichtlich schon der eine oder andere den einen oder anderen Schluck Wodka gegönnt - was sonst, bei einer überwiegend russischen Veranstaltung.

Ich hielt mich zurück, schließlich wollte ich einen halbwegs guten Eindruck machen und kann auch mit wenig, oder komplett ohne Alkohol durchaus Spaß haben. Die kleine Tanzeinlage um das Lagerfeuer zu „Lebt denn der alte Holzmichel noch“ mit zwei anderen mir bis dato unbekannten Personen war jedenfalls auch ohne nennenswerten Alkoholkonsum durchaus amüsant.

Irgendwann nahm mich dann noch die aktuelle Geliebte meines Erzeugers (Svetlana) zur Seite, um mit mir ein Gespräch zu führen.

Sie machte sich Sorgen, dass ich etwas gegen ihre Beziehung mit meinem Erzeuger haben könnte und befragte mich daher zu meiner Meinung.

An diesem Wochenende traten sie das erste Mal offiziell als Paar auf, nachdem es ohnehin schon seit Wochen jeder in der Firma wusste. Auch meine Mutter hatte schon längst Wind davon bekommen, aber mittlerweile war es ihr relativ egal, was und mit wem mein Erzeuger es so trieb, solange sie ihre Ruhe vor ihm und seinen Eskapaden hatte.

Und da sich auch sonst keiner daran störte und die beiden schließlich erwachsen waren, gab ich ihr - auch wenn es mir nicht zustand, ihr aber extrem wichtig schien - meinen Segen und sie mir dafür die Info, dass [die, deren Namen ich niemals ausspreche] wohl ein recht großes Interesse an mir hätte, was für mich als notorischer Selbstzweifler natürlich nur schwer nachzuvollziehen war.

Als sie sich in der Nacht mit ihrem Schlafsack an mich herankuschelte, fing ich jedoch an, an meinen Selbstzweifeln zu zweifeln und empfand stattdessen plötzlich ein Gefühl von Normalität, Entspannung und etwas, dass man wohl am besten als den Zustand des Verliebtseins beschreiben könnte.

Dieser wohlige Moment sollte am liebsten niemals enden ...

Es gab nur einen Gedanken, der mich nicht zur Ruhe kommen ließ: Ich musste dringend mal pinkeln!

⌛ 70

The Dark (K)Night

Sonntag, 29. Juli 2007

Würde es euch überraschen, wenn auch diese Geschichte zur Zeit des Forchheimer Annafestes spielen würde?

Tja, so ist es aber nun mal ...

Es war am zweiten Annafestsonntag. Die vergangenen Wochen waren - zugegeben, nicht ganz ohne mein Zutun - recht turbulent gewesen und ich war mit ein paar Kumpels auf dem Forchheimer Annafest.

Nachdem dort im Laufe des Abends die Forchheimer dicht gemacht wurden, nahm man sich pünktlich um 23 Uhr die Schotten dafür vor und wir machten uns auf dem Heimweg.

Da meine Kumpels ein paar Straßen weiter geparkt hatten, trennten sich unsere Wege gut 500 Meter von meiner Wohnung entfernt.

Vor der Haustür angekommen, packte mich jemand am Arm und forderte mich auf, genau hier stehen zu bleiben - es war Svetlana, die sich zum ersten Mal aktiv in das Geschehen einmischte.

Im nächsten Moment kam ein Auto auf mich zugefahren, fuhr auf den Gehsteig und kam mit aufgeblendeten Scheinwerfern etwa einen Meter vor mir zum Stehen.

Und wer stieg aus? Mein Erzeuger? Schon vergessen? Er hatte doch seinen Führerschein verloren! Ok, das hatte ihn in den darauffolgenden Monaten nicht davon abgehalten, trotzdem gelegentlich noch mit dem Auto die Gegend unsicher zu machen.

Aber nein, es war: Udo

Er kam auf mich zu, drückte mich an die Hausfassade und meinte: *„Na Du hast ja ein paar tolle Freunde, dass die Dich nicht einmal bis nach Hause bringen. Übrigens, wir beobachten Dich schon den ganzen Abend und waren immer in Deiner Nähe!"*

Wirklich? Aus welchem Gangsterfilm hatte er denn diesen Auftritt? Oder stellte er sich nur vor, dass Gangster so reden würden und wollte sich wenigstens einmal selbst wie ein Möchtegern-Gangster fühlen? Oder mal wieder wie ein Mann, nachdem ihn seine Frau für einen DJ aus Nürnberg verlassen hatte? Erzählt er mir gleich noch, dass das ein leckerer Burger ist?

Zugegeben, so ganz wohl fühlte ich mich in dieser Situation zwar nicht, aber auch diese kleine Abfangaktion fand doch wieder sehr öffentlich statt. Hatte Udo denn gar nichts dazu gelernt?

Regel Nummer eins der heiligen Gangstergebote: Unauffällig - keine (potenziellen) Zeugen!

Die Botschaft dieser kleinen C-Movie-Inszenierung? *„Überleg Dir genau, was Du tust - wir beobachten Dich und Du weißt nie, wann wir auftauchen!"*

Also ähnlich wie Hämorriden - nur das mir deren Anwesenheit wesentlich lieber ist.

Auf die Frage, warum sich mein Erzeuger denn nicht selbst darum kümmern würde, sondern immer nur seine Lakaien vorschickt, meinte Udo, dass er weder von der Abfangaktion vor 11 Tagen, noch von dieser Aktion wissen würde.

Na klar - dem Chef fällt nicht auf, dass am helllichten Tag plötzlich 20 seiner Mitarbeiter (und damit quasi alle) vorrübergehend verschwinden. Ok, vielleicht lag er ja zu der Zeit wieder besoffen in der Ecke, aber so panisch wie er an dem einen Samstag meine Mutter angerufen hatte, würde er doch sicherlich nicht einfach abwarten, ob ich meine kleine Drohung wahr machen und seine Betrügereien ausplaudern würde.

Irgendwann fragte ich, was denn nun der Plan wäre, da ich langsam ins Bett wolle - schließlich müsste ich am nächsten Tag wieder um 6 Uhr aus den Federn.

Nachdem Udo noch einmal seine „wir-beobachten-Dich“-Drohung gebetsmühlenartig wiederholte, verfolgte Svetlana wohl ein anderes Ziel: Sie wollte den hinterlegten Brief.

Da ich diesen natürlich - vor allem aufgrund solcher Aktionen - niemals herausgeben würde, vereinbarten wir, dass ich ihr eine Kopie zukommen lassen würde, damit sie wenigstens mal wisse, was denn da überhaupt drin steht.

Ich glaube auf die Frage, wo der Brief denn hinterlegt sei, hatte sie nicht wirklich eine ernsthafte Antwort oder irgendeine Art von Standortangabe erwartet und so blieb diese rhetorische Frage nicht nur an diesem Abend unbeantwortet.

Nach einer erneuten Wiederholung seiner Standarddrohung, ließ mich Udo schließlich ins Haus gehen und ich kam um kurz vor Mitternacht endlich zu meinem wohlverdienten Schlaf.

Ein paar Tage später fand ich schließlich einen handgeschriebenen (!) Zettel im Briefkasten, der mich an die Herausgabe des Briefes erinnern sollte (*„[..] oder sollen wir persönlich vorbei kommen?“*).

Irgendwann schickte ich Svetlana dann eine Kopie des Briefes, den ich nach jeder Abfangaktion auf den neuesten Stand gebracht und mit Namen von Zeugen dieser Aktionen versehen hatte. Die Namen hatte ich in der Kopie natürlich vollständig gelöscht und durch kleine Teufelchen-Smilies ersetzt.

Außerdem hatte ich das Netzwerk mittlerweile ein bisschen ausgebaut, so dass es nun Sicherheitsbriefe an drei Standorten und fünf Mitwisser darüber gab, die untereinander aber nicht wussten, wer noch davon weiß.

Nachdem ich Svetlana den Brief habe zukommen lassen, hatte sie sich noch darüber mokiert, dass ich sie im Brief als „Russin“ bezeichnet hatte, sie aber eigentlich aus der Ukraine stammen würde.

Pff, na und? Wenn mir danach ist, mache ich sie darin auch zur Niederländerin und gebe ihr den Spitznamen „Frau Flodder“. Was will sie dagegen schon machen? Mich verklagen? Ich glaube der Richter würde sich wohl eher für den weiteren Inhalt, anstatt irgendwelcher Nationalitätsspitzfindigkeiten interessieren ...

Dann war für ein paar Wochen Ruhe.

Die Ruhe vor dem Sturm?

Naja, mit Luft hatte es durchaus etwas zu tun ...

⌛ 87

Pip(p)i außer Rand und Band

2005

Eine neue Liebe ist wie ´ne neue Leber?

Wenn man zwischenzeitlich den Alkoholkonsum deutlich einschränkt, dann kann es durchaus einen ähnlichen Effekt haben.

Aber nach einem Jahr Beziehung, diversen überstandenen Auseinandersetzungen und anschließender Einigung (vor allem finanzieller Natur, oder auch „Freikauf") mit dem Noch-Ehemann seiner Geliebten, einigen arschteuren Luxus-Urlauben und dem erfolgreichen Bau eines Eigenheims für sich und seine neue Familie, ist das Leben doch viel zu langweilig geworden, um sich nicht endlich wieder ein paar künstliche Probleme zu erschaffen und damit einen Vorwand zu haben, diese in Hochprozentigem zu ertränken.

Ach übrigens - es geht hier nicht um mich, sondern natürlich um meinen Erzeuger.

In 2005 verging kaum eine Woche, in der der „große Herr und Meister" nicht mindestens einmal volltrunken in der Firma war, oder wegen Volltrunkenheit nicht in der Firma war. Letzteres hatte den Vorteil, dass das Tagesgeschäft wenigstens störungsfrei abgewickelt werden konnte.

Doch es gab auch Tage, an denen ein halbwegs vernünftiges arbeiten de facto unmöglich war. So hatte der werte Herr z.B. einmal im Suff ein Kundenmailing doppelt und dreifach gedruckt, bis das Briefpapier des Kunden für die Fertigstellung nicht mehr ausreichte.

Einmal rief er mich lallend über die Telefonanlage in sein Büro, weil ein Firmenkunde an seinem Telefon etwas klären wollte. Das Anliegen konnte zwar geklärt werden, aber bei der Bemerkung des Kunden *„mit dem Chef war keine richtige*

Kommunikation möglich", wäre ich am liebsten im Erdboden versunken.

In einer anderen Situation saß er zusammengesackt in seinem Chefsessel, als ein Kunde durch den Seiteneingang schnurstracks in sein Büro marschierte - es gelang mir zwar nicht mehr, den Kunden noch rechtzeitig abzufangen, dafür durfte ich aber miterleben, wie mein Erzeuger sich doch noch aus seinem Chefsessel aufraffte und lallend auf den Kunden zutorkelte.

Einmal geriet er im Suff mit Giovanni in Streit (keine Ahnung worum es ging - das wusste keiner so recht!), versuchte mehrmals auf ihn loszugehen, verlor jedoch dabei das Gleichgewicht und landete in einem nebenstehenden Regal.

Daraufhin verließen erst einmal alle den Raum, um nicht in seiner Gegenwart laut loszulachen. Nicht, dass er das in dem Moment überhaupt noch mitbekommen hätte ...

Irgendwann war sogar sein Bruder Mike so abgestumpft, dass der auf das lallende *„meine Nase ist voll"* meines Erzeugers nur trocken erwiderte: *„Nö, DU bist voll!"*

Wenn man ihn länger nicht sah und hörte, lag er meistens unter seinem Schreibtisch - nicht selten umgeben aus einer Silhouette einer körpereigenen und deutlich riechbaren Flüssigkeit.

Ja, nicht nur in der Villa Kunterbunt riecht es nach Pip(p)i!

Und dennoch war auch das noch lange nicht die Spitze des Eisberges, der langsam aber stetig den Untergang seiner Firma besiegeln sollte ...

⌛ 92

Bad Santa?

Mittwoch, 24. Dezember 2008

Weihnachten - das Fest der Versöhnung?

Nun, das hoffte ich zumindest aufgrund des immer noch schockgefrosteten Freundschaftsverhältnisses zwischen Sarah und mir.

Vier Monate waren seit unserem letzten Kontakt vergangen und heute (bzw. in den nächsten Tagen) sollte geklärt werden, ob es ein österlichen Weihnachtswunder im Sinne einer Wiederauferstehung der Freundschaft geben könnte, oder die Freundschaft im ewigen Eis der Bedeutungslosigkeit verschwinden wird.

Da ich natürlich keine Lust auf irgendwelche Diskussionen am Weihnachtsabend hatte und diese Sarah auch nicht zumuten wollte, entschloss ich mich zu einer sehr simplen, aber dennoch einfach zu deutenden Variante.

Ich hatte ein Paket mit diversen Leckereien und einen kleinen Präsent vorbereitet und machte vor der Bescherung bei meiner Mutter einen kleinen Abstecher in Sarah´s Heimatdorf, mit dem für dieses Ereignis fast schon omenhaften Namen „Engelhardsberg“.

Als Nikolaus verkleidet (falls mich jemand durch eines der Fenster sehen sollte) stellte ich das Paket vor ihre Tür, klingelte, ging zurück zum Auto und fuhr davon.

Nein, ich wollte nicht flüchten, sondern lediglich vermeiden, dass es zu Streitigkeiten vor Ort kommen könnte.

Nun hieß es abwarten.

Eigentlich gab es nur drei logische Reaktionsmöglichkeiten:

1.) Sie freut und bedankt sich und wir können ausloten, wie es um die Freundschaft steht.

2.) Sie ist verärgert (warum auch immer) und verweigert eventuell sogar die Annahme des Geschenks - dann wäre aber zumindest klar, dass sich ein Kampf um diese Freundschaft nicht mehr weiter lohnt.

3.) Sie reagiert gar nicht, was ich allerdings für sehr unwahrscheinlich hielt - zumindest so lange in ihr auch nur noch ein Funken von Grundanstand stecken würde. Falls es zu Variante Nummer 3 kommen sollte, wäre das Ergebnis aber wohl identisch mit dem aus Variante 2.

Die Tage vergingen und das Rad der drei Reaktionsvarianten drehte sich. *„Eins, zwei, oder drei - letzte Chance ...“*

Da tatsächlich keinerlei Reaktion von ihr kam, befand ich, dass diese nach gut zwei Wochen *„... vorbei“* war.

Enttäuschung machte sich in mir breit.

War ihr die Freundschaft denn wirklich keinerlei Reaktion, nicht einmal ein „Danke“ oder „Thx“ oder „Hi“ wert, wie es eigentlich ja schon alleine der Anstand gebieten würde?

Die Sarah, die ich einmal kannte, schien also nicht mehr zu existieren. Schade, aber da kann man wohl nichts machen. Immerhin hatte ich nun Gewissheit.

Da ich ein Freund eines klaren Abschlusses bin, entschloss ich mich zu einer letzten klaren Geste, um sowohl ihr, als auch mir zu verdeutlichen, dass diese Freundschaft nun endgültig der Vergangenheit angehören würde.

Ich nahm einen kleinen Karton und packte darin alle kleinen Präsente von ihr an mich, die sich in den letzten knapp zwei Jahren angesammelt hatten:

Ein kleiner Weihnachtsteddy von Weihnachten 2007, ein Holzarmband, dass sie mir aus ihrem Urlaub mitgebracht hatte (eigentlich mag ich keine Armbänder, aber ihr zuliebe habe ich es immer an unseren gemeinsamen Ausgehabenden getragen), ein Bild von der Geburtstagstorte, die sie für mich gebacken hatte (die Original-Torte war natürlich schon längst verspeist, verdaut und was danach halt noch so passiert) und noch diverser anderer Krimskrams.

Dazu kam noch ein Brief, in dem ich über die schönen Zeiten unserer Freundschaft schrieb und meine Hoffnung zum Ausdruck brachte, dass sie sich irgendwann wieder auf den Menschen besinnt, der sie einmal gewesen war.

Um dem Päckchen noch eine etwas unpersönliche Note zu verleihen (und aus Bequemlichkeit - immerhin liegt Forchheim gut 25 km von Engelhardsberg entfernt), versendete ich dieses per Post.

Damit war dieses Kapitel für mich abgeschlossen.

Und da ich diesmal keinerlei Reaktion von ihr erwartete, kam diese natürlich dann trotzdem ein paar Tage später per SMS:

> Ich habe Deinen Brief usw. erhalten und wollte fragen, ob Du Dich mit mir/uns treffen möchtest um Dich auszusprechen, damit wir endlich auf einen grünen Zweig kommen und wie Erwachsene miteinander umgehen können.

Na klar, Madam Schweigsam bietet mir nun an, dass ICH mich aussprechen soll - und so spielte ich den Ball zurück:

> Von meiner Seite aus ist alles gesagt und vollständig abgeschlossen.

Falls Du noch Bedarf zum Reden hast, weißt Du ja, wie Du mich erreichen kannst.

Ansonsten: Alles Gute für die Zukunft und Grüße an die Familie.

Anscheinend hatte sie keinen Redebedarf mehr, denn ich habe seitdem nie wieder von ihr gehört.

Wir sind uns ein paar Jahre später lediglich noch einmal kurz begegnet - passenderweise genau an dem Ort, an dem ich sie zum ersten Mal wahrgenommen hatte: dem Thuisbrunner Frühlingsfest

Wir liefen zufällig aufeinander zu und sie drehte sich weg, als wir aneinander vorbei gingen.

Wie eine ehemalige Kollegin einmal sehr passend bemerkte: In dem Wort „Enttäuschung“ steckt nicht umsonst das Wort „Täuschung“.

War diese Freundschaft und die Sarah, die ich mochte, respektierte - und ja, in die ich auch ein wenig verliebt war - lediglich eine Illusion? Oder hat sie sich durch die Beziehung mit Steven erst zu dem Menschen entwickelt, der auf Moral, Prinzipien und Freundschaften pfeift?

Unterm Strich spielt das eigentlich überhaupt keine Rolle mehr, denn letztendlich zählt nur, welchen Platz sie vorübergehend in meinem Leben eingenommen hatte und wie sie dazu beigetragen hat, dass ich mich zu dem Menschen entwickelt habe, der ich heute bin.

Und ich glaube, das ist eigentlich gar kein so übler Kerl ...

⌛ 107

Die Insel

Sonntag, 22. August 2004

Zwei Wochen nach dem Campingausflug waren [die, deren Namen ich niemals ausspreche] und ich wohl schon längst offiziell ein Paar - zumindest behaupteten das alle Menschen aus der Firma meines Erzeugers, ihre Eltern (*„da haben sich zwei gesucht und gefunden“*) und auch sie selbst.

Ich war davon zwar noch nicht so überzeugt (immerhin kannten wir uns erst seit Kurzem), wurde aber wieder einmal überstimmt.

Leider auch, als sich [die, deren Namen ich niemals ausspreche] (langsam wird es anstrengend) in den Kopf gesetzt hatte, dass ich doch mit ihr, ihren Eltern, ihrer Schwester und ihren Cousinen in den Familienurlaub nach Kroatien (den Namen der Insel habe ich vergessen) fahren solle.

Mein vorgeschobener Einwand für *„Ist es wirklich eine gute Idee, zusammen in den Urlaub zu fahren, wenn man sich erst seit drei Wochen kennt?“* lautete: *„Ich werde in der Firma gebraucht.“*

Eigentlich eine gute Ausrede, da sie auch noch wahr war - nicht umsonst bin ich im Jahr zuvor nicht mit in den Familienurlaub gefahren, weil sich sonst keiner mit der Software in der Firma so richtig auskannte und alle Panik bekommen hatten, bzw. sich tierisch freuten, als ich doch zu Hause blieb.

Leider wurde der vorgeschobene Einwand von meinem Erzeuger mit einen leichtfertigen *„Doch, fahr ruhig ...“* in ihrer Anwesenheit zunichte gemacht und mit dem rationalen Einwand *„Ist es wirklich eine gute Idee, zusammen in den Urlaub zu fahren, wenn man sich erst seit drei Wochen kennt?“* brauchte ich ihr als Frau (#shitstorm) erst gar nicht zu kommen ...

Und so saß ich kurzfristig am Sonntagabend im Auto ihrer Eltern auf der Rückbank zwischen ihr und ihrer Schwester auf dem Weg nach Kroatien.

War das eine gute Idee? Definitiv nicht! Hatte ich eine Wahl? Naja, jetzt wohl nicht mehr ...

In Kroatien angekommen war ich fasziniert von dem strahlend blauen Himmel und dem ebenso strahlend blauen Meer.

Ihre Cousinen und deren Eltern schienen nett zu sein und ihr Vater hatte eine ganz besondere Überraschung für mich: Er hatte seine Angelausrüstung, inkl. Ersatzangelrute mitgenommen, damit wir zusammen mit seinem Schwager Angel-Tagesausflüge machen können.

Juhu ... Meine innere Freude lässt sich kaum in Worte fassen. Das kommt davon, dass man anderen ein nicht vorhandenes Interesse vorgaukelt. Wer will schon den ganzen Tag mit seiner ihm zugewiesenen Freundin am Strand liegen, wenn man doch stattdessen dem spannenden Freizeitspaß des Angelsports frönen kann. Yeah ...

Na immerhin würde es dann zum Abendessen frisch gefangenen Fisch vom Tagesausflug geben ...

Spoiler: Nein, wird es nicht! Dafür aber eine Menge Langeweile und einen grandiosen Sonnenbrand.

Aber am ersten Tag in Kroatien wurde erstmal gefeiert: Sie hatte Geburtstag und ich bin am Tag vor der Abreise noch wie blöd durch die Gegend gefahren, um ihr - neben ihrem Geburtstagsgeschenk - noch ein YES-Törtchen und eine kleine Kerze zu besorgen.

Eine kleine Kerze hatte ich schnell gefunden, nur die YES-Törtchen gab es in keinem mir bekannten Geschäft im Umkreis von 20 km.

Eventuell konnte das auch daran gelegen haben, dass zwischen 2003 und 2007 gar keine YES-Törtchen mehr hergestellt wurden - das wiederum erfuhr ich aber erst nach gut vier Stunden intensiver Suche im letzten Geschäft.

Ok, dann halt irgendein ähnlicher Kuchenriegel - schließlich soll ja die Geste zählen. Meinen inneren Perfektionisten konnte das aber nicht wirklich befriedigen.

Aber was soll ich sagen: Sie hat sich trotzdem gefreut und auch über ihre anderen Geschenke (irgendwelche „Körperpflege-Marken-irgendwas-Supertolles-bla-bla-Produkte“, von denen sie mir zuvor vorgeschwärmt hatte).

Mission erfüllt - auch wenn es mit YES-Törtchen natürlich noch besser gewesen wäre. Die YES-Törtchen sollten mir später in Berlin wieder über den Weg laufen - aber ich will jetzt nicht vorweggreifen.

Am zweiten Tag in Kroatien war mir dann nicht mehr so zum Feiern zumute. Und nein, es hatte nichts mit einem Angelausflug zu tun - dazu sollte es erst ein paar Tage später kommen.

Stattdessen wurden wir ständig von ihrer Schwester und ihren Cousinen belauert und angefeuert, dass wir doch endlich rumknutschen sollen.

Bei den ersten 85 Malen mag dies noch amüsant gewesen sein, aber irgendwann nervte es - vor allem weil das nicht zu den Dingen gehört, die ich nach Aufforderung oder unter Beobachtung tun möchte.

Da waren auch Tipps, Hinweise und Beschreibungen über den Ablauf nicht gerade hilfreich. Leider schien sie davon angestachelt worden zu sein und drängte mich nun ebenfalls, was mich aber nur noch defensiver machte und ich dadurch den äußeren Druck auch in den wenigen und kurzen Momenten tatsächlicher Zweisamkeit nicht nachgab.

Am Abend kamen ihre Cousinen dann auf die wahnsinnig tolle Idee, „Flaschendrehen" zu spielen. Weil mir klar war, worauf das Ganze hinauslaufen sollte, wählte ich deshalb immer „Wahrheit", was mir dann schließlich untersagt wurde und ich stattdessen aus zwei Pflichtaufgaben wählen musste: Ein inniger Kuss mit [der, deren Namen ich niemals ausspreche] vor versammelter, gaffender Mannschaft, oder mir eine Prise schwarzen Pfeffer durch die Nase ziehen ...

Das mit dem Pfeffer war nicht einmal ansatzweise so leicht, wie es klang, aber ich wollte auch nicht der mittlerweile doch sehr unverschämten Aufforderung des „Peep-Show-Rumknutschens" nachkommen. Intimität kann und sollte man schließlich nicht erzwingen. Klingt altmodisch und verklemmt? Von mir aus ...

In einem etwas ruhigeren Moment sprachen wir dann darüber - ich meinte, dass mir das alles viel zu schnell gehen würde und sie meinte, dass sie *„nicht ewig auf mich warten könne"*, wobei der Begriff „ewig" in diesen Zusammenhang und Zeitraum, in dem wir uns überhaupt kannten, wohl völlig neu definiert werden müsste.

Rückwirkend betrachtet war das der Auslöser dafür, warum sich die Stimmung - vor allem auch zwischen uns - zunehmend verschlechterte. Ein Teil von mir war sogar froh, als es „endlich" auf den Angel-Tagesausflug ging und ich zumindest vorrübergehend diesen Irrsinn entfliehen konnte.

Kleinere Annäherungsversuche meinerseits in den kommenden Tagen brachten hierbei auch keine Trendwende mehr und so reichten zehn Tage Kroatien aus (naja, eigentlich schon zwei Tage Dauerbelagerung), um uns wie ein altes

Ehepaar wirken zu lassen, dass sich kaum noch etwas zu sagen hatte.

Nach dem Urlaub suchte ich noch einmal das Gespräch, aber sie konnte und wollte halt nicht „ewig auf mich warten".

Seltsam, sonst bedrängt der Mann die Frau immer zu sehr.

Und so begab ich mich nach dem Urlaub auf der kroatischen Insel (deren Namen ich nicht mehr weiß) auf meine eigene Insel der Einsamkeit und des gebrochenen Herzens und trauerte noch gut ein Jahr [der, deren Namen ich niemals ausspreche] hinterher.

⌛ 64

Das Schweigen des Lammes

Juni 2004

Als Kind seiner Eltern - egal in welchem Alter - möchte man eines auf gar keinen Fall: sich für eine Seite entscheiden zu müssen

Da es bei einer Trennung oder Scheidung aber nun mal nicht nur schwarz und weiß gibt und manche Reaktionen weniger rationaler und stattdessen eher emotionaler Natur sind, ist es leider manchmal eine nahezu unmöglich zu bewältigende Aufgabe, nicht doch zu irgendeiner Seite zumindest zu tendieren.

Gut zwei Monate nach dem „Rosenmontagskrieg“ bin ich in meine erste eigene Wohnung gezogen. Nicht, weil ich es Zuhause nicht mehr ausgehalten hätte, sondern weil ich schon vor dem „Rosenmontagskrieg“ auf eigenen Beinen stehen wollte.

Da sich die Wogen zuvor wieder etwas geglättet hatten, war der Zeitpunkt zwar sicherlich nicht optimal, aber zumindest in Ordnung und ich auch nur gut 20 km entfernt nach Forchheim gezogen.

Meine Mutter rief mich nahezu jeden Tag an und gelegentlich schimmerte auch ein bisschen unterschwellige Hetze gegen meinen Erzeuger mit durch, die ich immer versuchte abzublocken.

Nachdem es scheidungsbedingt immer mehr „ans Eingemachte“ (bzw. um die finanzielle Absicherung meiner Mutter und meines Bruders) ging, wurde der Ton gelegentlich auch mal schärfer und die Anrufe zwischenzeitlich deutlich weniger.

Gleichzeitig leistete mein Erzeuger gute Arbeit, wenn es darum ging, mich unbemerkt gegen meine Mutter aufzuhetzen.

Sein Vorgehen dabei war ebenso genial wie perfide: Er erzählte nicht die Unwahrheit, lies aber winzige und gleichzeitig elementar wichtige Details weg, um einen völlig anderen Eindruck der Situation zu generieren - zumindest dieses „Talent“ sollte man ihm durchaus zugestehen.

Damals bin ich ihm natürlich voll auf den Leim gegangen - wie viele andere Leute vor und nach mir. Dadurch verschlechterte sich natürlich langsam aber stetig das Verhältnis zwischen mir und meiner Mutter.

Das Fass zum Überlaufen brachte schließlich eine Aktion meiner Mutter, bei der sie mit meinem Bruder übers Wochenende in eine Pension fuhr, aber niemanden erzählen wollte, wo sie waren.

Eigentlich eine durchaus nachvollziehbare Aktion, wollte sie doch für sich und meinen Bruder einfach nur mal ein ungestörtes Wochenende verbringen, nachdem mein Erzeuger sie wochenlang gepiesackt hatte.

Dank des kleinen Teufelchens auf meiner Schulter (hinter dem sich mein Erzeuger verbarg), stellte sich die Situation für mich ähnlich einer Entführung dar. Aus heutiger Sicht kann ich dazu nur sagen: Ich war jung und sehr naiv!

Da meine Mutter wusste, dass ich noch den Schlüssel zu ihrer Wohnung hatte, hatte sie darauf geachtet, keine „Spuren“ in Form von Notizen oder Broschüren in der Wohnung rumliegen zu lassen.

Womit sie allerdings nicht gerechnet hatte, war, dass ich nach Eintreffen in ihrer Wohnung kurzerhand einfach alle Nummern der Wahlwiederholungsliste nacheinander abtelefonieren und bei jedem Teilnehmer am anderen Ende, der wie ein Hotel oder eine Pension klang, nach dem Namen meiner Mutter fragen würde.

Als ich sie nach entsprechender Nachfrage bei Eintrag Nummer fünf schließlich kurz darauf am anderen Ende der Leitung hatte, war sie wohl ebenso erschrocken wie verblüfft.

Mein anschließender Generalanschiss an sie hatte wohl auch nicht wirklich zur Entspannung beigetragen. Ich kann mich nicht daran erinnern, wann ich jemals so wütend auf meine Mutter gewesen bin - nicht zuletzt auch durch die feinen aber effektiven Stacheln, die mir mein Erzeuger zuvor eingepflanzt hatte.

Kurz nach dieser Aktion gab ich die Schlüssel bei meiner Mutter ab und nach zwei oder drei weiteren Telefonaten in den nächsten Tagen, welche eine beiderseits bedingte sehr unterkühlte Atmosphäre hatten, sollte der Kontakt zwischen mir und meiner Mutter für gut ein Jahr komplett abreißen.

Eine der wenigen Situationen in meinem Leben, die ich noch bis heute zutiefst bereue!

Aber wie gesagt: Ich war jung und naiv und mein Erzeuger ein sehr talentierter Strippenzieher - bis auch er eines Tages mit meinem Bruder viel zu weit ging ...

⌛ 40

Two Nights in Berlin

Samstag, 07. Juni 2014

Das Pfingstwochenende 2014 läutete den Anfang vom Ende in meinem (mittlerweile liebgewonnen) Forchheim ein. Natürlich wusste ich an diesem Wochenende noch nicht, wie sehr sich mein Leben durch diese zwei Tage verändern sollte.

Nachdem ich ein Jahr zuvor gelernt hatte, dass kleine Veränderungen und Ausbrüche aus dem Alltag durchaus positiv sein können (Stichwort: „Uschi"), plante ich für 2014 kleinere Wochenendausflüge - zunächst nach Berlin, Köln und Düsseldorf an den langen Wochenenden an Pfingsten, Maria Himmelfahrt und dem Tag der Deutschen Einheit.

Da ich aus praktischen Gründen schon längst kein Auto mehr hatte und die Bahntickets in der Regel unverschämt teuer waren, kam es mir durchaus gelegen, dass im Jahr zuvor der Fernbusmarkt in Deutschland liberalisiert wurde und es aktuell diverse Schnäppchenangebote gab.

So konnte man z.B. Gutscheine für je 10.- EUR erwerben, mit denen man je eine beliebige Verbindung innerhalb Deutschlands nutzen konnte. Ich sicherte mir zunächst vier davon, plante meinen ersten Trip an Pfingsten nach Berlin und buchte ein günstiges Hostel im mir damals nur namentlich bekannten Berlin-Friedrichshain.

Berlin kannte ich zuvor nur aus dem TV (und aus dunkler und verschwommener Erinnerung vom Loveparade-Desaster-Wochenende 2006 - upps: Spoileralarm) und ich hatte ehrlich gesagt ordentlich Schiss in der Buxe, weil ich nicht wusste, was mich dort erwarten würde und ich irgendwie Bilder von Kriminellen an jeder Straßenecke im Kopf hatte.

Wahrscheinlich war es auch nicht wirklich hilfreich, dass ich mir in den Tagen zuvor und am Morgen der Abfahrt immer wieder den Song „Schwarz zu Blau“ von Peter Fox angehört und mir das Musikvideo dazu angeschaut hatte.

Los ging es am Samstagmorgen am Bahnhofsplatz in Erlangen und einige Stunden und knapp 440 km später traf ich schließlich am ZOB in Berlin ein.

Nach anfänglichen Orientierungsschwierigkeiten fand ich schließlich die S-Bahn-Haltestelle und kam nach einiger Zeit - dank Google Maps und der Ring- und U-Bahn - im gebuchten Hostel in der Grünberger Straße in Friedrichshain an.

Dort kam der sonst sehr entspannt und nett wirkende Mitarbeiter an der Rezeption (ich glaube er hieß Heiko) mächtig ins Schwitzen, als er bemerkte, dass er mir für die erste Nacht trotz Reservierung kein Einbettzimmer, sondern lediglich ein Bett im Mehrbettzimmer anbieten konnte.

„Dit is Berlin“ dachte ich mir und er bedankte sich für mein Verständnis und meine Gelassenheit und sicherte mir für die zweite Nacht das ursprünglich versprochene Zimmer zu. Ich dagegen war froh, dass ich mir am Pfingstwochenende in dieser mir unbekannten Stadt nicht noch einen anderen Schlafplatz suchen musste.

Erste Amtshandlung nach dem Check-in in mein Zimmer? Eine echte Berliner Currywurst essen gehen!

Schon damals liebte ich Currywurst mit Pommes, auch wenn die in Forchheim servierten Currywürste nur selten etwas mit den echten Berliner Currywürsten zu tun hatten - sowohl vom Aussehen her, als auch vom Geschmack, der in Forchheim jetzt nicht unbedingt schlecht, aber halt völlig anders war.

Nach Befragung meines wichtigsten Begleiters an diesem Wochenende - Google Maps - fand ich in der parallel liegenden Boxhagener Straße einen Currywurst-Imbiss, der zu meiner persönlichen Beruhigung auch den Begriff „Currywurst" im Namen trug und für mich dadurch als eine Art Currywurst-Fachgeschäft galt.

Ich bestellte ein Currywurst-Menü, also eine Currywurst - diese extra scharf - mit Pommes und ´nen Bierchen dazu.

Das Bierchen durfte ich mir im Getränkekühlschrank selbst aussuchen und so entschied ich mich für ein mir bekanntes „Augustiner Pilsener".

Als ich direkt nach der Bestellung meine Geldbörse zückte, rief man mir nur ein *„Jezahlt wird später!"* entgegen.

Ich liebe diese Berliner Art und vor allem den Berliner Dialekt. Meine Tante Karin (die Frau von Udo) kam ursprünglich aus Berlin und hatte diesen wunderbaren Dialekt, der mich schon als Kind fasziniert hatte.

Dass ich meine Currywurst „extra scharf" wollte, animierte die beiden Imbiss-Mitarbeiter scheinbar, mir hier ein unvergessliches kulinarisches Erlebnis zu bieten. Während der eine die Currywurst mit einen Extra-Schärfepulver versah, meinte der andere irgendwann: *„Stopp, Du bringst ihn noch um!"*.

Mit einem Grinsen im Gesicht servierte mir „Pulver-Piet" (Name frei erfunden) die Currywurst und erwiderte mein nun erneutes hervorholen des Geldbeutels ebenfalls erneut mit einem *„Jezahlt wird zum Schluss, juten Appetit!"*.

Jespannt beobachteten die beiden meine ersten Bissen der extra-scharfen Currywurst, bzw. der Soße.

Hola die Waldfee, war das scharf!

Ich versuchte natürlich, mir möglichst nichts anmerken zu lassen und verspeiste tapfer die nach und nach scheinbar immer heftiger brennendere Currywurst. Zum Glück hatte ich ja noch mein Augustiner Löschwasser für den Notfall.

Nachdem ich brav mein Tellerchen leer gegessen hatte, durfte ich schließlich auch endlich bezahlen.

Auf die hämische Frage *„Und, war´s scharf genug?"* erwiderte ich nur ein *„Joah, war gut."*.

Auf ging´s wieder zurück Richtung Hostel, als ich bemerkte, dass es in Berlin - ganz anders als in Forchheim - sogar Bars gab, die tagsüber und teilweise sogar 24h am Tag geöffnet hatten. Das musste ich mir genauer anschauen und packte gleichzeitig die Gelegenheit am Schopfe, meinen immer noch brennenden Mund- und Rachenraum mit einem gut gekühlten Hopfen-Balsam zu behandeln.

Danach ging es wieder zurück ins Hostel, dass praktischerweise schräg gegenüber dieser Bar lag und ich durfte feststellen, dass eine gute Currywurst mehr als nur einmal brennt. Hola die Waldfee.

Am Abend schlenderte ich ohne Ziel durch Friedrichshain und Kreuzberg und begab mich nach einem weiteren kurzen Besuch in der „Bar des kurzen Weges" gegen ein Uhr zurück ins Hostel.

Ich schlich mich leise in das mir für die erste Nacht zugeteilte Mehrbettzimmer und vermied dabei jede Art von unnötigen Licht und Lärm, nur um schließlich nach gut zehn Minuten feststellen zu dürfen, dass sich gerade ohnehin niemand anderes im Zimmer befand.

Nun, die Leutchen die gegen drei, vier und fünf Uhr im Zimmer eintrafen, nahmen da weitaus weniger Rücksicht und ich fand es schon erstaunlich, wie viele Reißverschlüsse so ein

Koffer hat und wie oft man diese auf und wieder zu ziehen kann. Aber dit is halt Berlin.

Da ab etwa sieben Uhr im Zimmer ohnehin nicht mehr wirklich an Schlaf zu denken war, schwang ich mich ebenfalls aus dem Etagenbett und ging zum Frühstück.

Es war Sonntag und ein sehr sonniger und angenehm warmer Morgen.

Daher beschloss ich, nach dem Frühstück die Umgebung bei Tageslicht zu erkunden. Ich lief von der Grünberger Straße Richtung Warschauer Straße, über die Oberbaumbrücke Richtung Kreuzberg und war fasziniert, wie ruhig es teilweise an diesem Morgen in manchen Ecken in einer Großstadt wie Berlin war.

Aller paar hundert Meter veränderte sich die Atomsphäre und ich hatte immer wieder das Gefühl, plötzlich in einer völlig anderen Stadt zu sein. Ich war fasziniert, obwohl weite Teile der Umgebung schmutzig und von Graffitis und zentimeterdicken Plakatballen übersät waren und es an manchen Ecken auch extrem nach Pisse roch - obwohl mein Erzeuger nirgends zu sehen war. Dit is Berlin.

Nach gut drei Stunden kam ich wieder im Hostel an und konnte nun mein ursprünglich reserviertes Einbettzimmer beziehen. Es war bereits Mittag und mein Magen fing an zu knurren - Zeit für eine Currywurst!

Diesmal entschied ich mich für ein Currywurst-Fachgeschäft in der Grünberger Straße. Dort gab es die Currywurst in zehn verschiedenen Schärfestufen (bei Nummer zehn musste man sogar eine Verzichtserklärung unterschreiben) und ich entschied mich zunächst für Stufe drei.

Lecker, aber da ich immer noch Hunger hatte, bestellte ich mir noch eine Portion - diesmal Stufe fünf.

Hola die Waldfee!

Ich weiß nicht, ob mein Nasenbluten Zufall oder das Ergebnis der Schärfe war, aber ich hatte mit der Currywurst ordentlich zu kämpfen und fürchtete schon das garantiert bevorstehende zweite Brennen im späteren Abgang.

Am Nachmittag machte ich dann eine Sightseeing-Bustour und war erneut überwältigt von der Vielfalt der Stadt, diesen vielen kleinen eigenständig wirkenden Mikro-Kosmen und dem Charme der Stadt und deren Bewohner.

Nach einer kleinen vorabendlichen Siesta im Hostel, war ich an diesem Abend bereit, mich in das Berliner Nachtleben zu stürzen - aber erstmal auf ein Bierchen in die Bar gegenüber, denn streng genommen gehörte diese ja auch zum Berliner Nachtleben.

Die Bar war zwar nur mit zwei weiteren Gästen gefüllt, dafür kam ich aber mit der Dame hinter der Bar ein wenig ins Gespräch. Irgendwann kam dann auch ihr Bruder dazu und schlug mir später am Abend vor, mir ein wenig das wahre Berliner Nachtleben zu zeigen. *„Klar, warum nicht.“*, dachte ich mir und wartete darauf, bis es endlich losgehen würde - denn immerhin war es „schon“ nach 22 Uhr.

Zwei Bierchen und ein paar Unterhaltungen später - es war mittlerweile bereits nach 23 Uhr - rechnete ich nicht mehr damit, dass der ursprüngliche Plan noch zum Tragen kommen würde, was aber irgendwie ok war, da ich mich in der Bar durchaus wohl fühlte, was vielleicht auch an meinem alkohlbedingt etwas angeheiterten Zustand liegen konnte.

Um kurz vor Mitternacht gab mir ... (mir fällt sein Name nicht mehr ein - nennen wir ihn einfach „Kalle“) ein Zeichen, dass er mir jetzt ein paar Juwelen des Nachtlebens in Friedrichshain und/oder Kreuzberg zeigen würde.

Etwas verwunderte darüber, dass es trotz so fortgeschrittener Stunde nun doch noch losgehen würde, folgte ich ihm mehr oder weniger unauffällig.

Meine Verwunderung sollte noch verstärkt werden, als er sich nach Mitternacht problemlos noch etwas Essbares besorgen konnte und ich bemerkte so fast nur beiläufig, dass ja sogar noch Busse und Bahnen fuhren.

„Gleich gehen wir in einen Club.“, weihte mich „Kalle“ in die weitere Planung ein. *„Aber vorher müssen wir noch schnell bei einem Kollegen in Kreuzberg vorbeischauen.“* - und das, obwohl es doch langsam aber stetig auf ein Uhr zuging.

Meine Bedenken bezüglich der fortgeschrittenen Zeit und des Fremdanhangs meiner Person wischte er mit einem *„Dit is schon in Ordnung - dit is in Berlin janz normal.“* vom Tisch.

Ok, also ab nach Kreuzberg, wo die Nächte wohl tatsächlich lang sind.

Um kurz nach ein Uhr kamen wir schließlich an einem etwa 20-stöckigen Hochhaus an und fuhren mit dem mit Graffiti beschmierten rumpligen Fahrstuhl bis fast ganz nach oben.

Dort wurden „Kalle“ und ich von den Bewohnern der 5er-WG freudig begrüßt und mir wurde Speis, Trank und Joint angeboten, als ob ich schon ewig dazu gehören würde.

Zunächst lehnte ich all das höflichst ab, ließ mich aber später auf dem Balkon dazu überreden, doch zumindest einmal einen Zug des Joints zu probieren - und konnte danach zumindest eine leichte Wirkung feststellen.

Die Teilnahme an der späteren Koks-Runde lehnte ich allerdings höflich aber bestimmt ab.

Gegen viertel drei verabschiedeten sich „Kalle“ und ich von der wohl noch etwas weiter feiernden WG und nun sollte es wohl in den Club gehen - UM VIETEL DREI!

Und natürlich gab es noch einen kurzen Abstecher zu einer Burger-Bude unter einer Brücke, die oberirdisch von einer U-Bahn befahren wurde - crazy, aber dit is Berlin!

Gegen dreiviertel vier standen wir schließlich in der Schlange zum Einlass in einen Open-Air-Club direkt an der Spree.

Ich war zwar hundemüde, aber in dieser Nacht einfach schon viel zu viel rumgekommen, als an diesem Punkt einfach aufzugeben.

Im Club selbst meinte „Kalle“, dass er jetzt *„Bock auf was zu rauchen“* hätte und fragte einfach kurzerhand den Nächstbesten, ob er denn Gras hätte.

Ich stand etwas verdutzt und die nähere Umgebung auf Ordnungshüter prüfend da, aber der Typ meinte nur *„Leider nicht, ich hätte gerne selber welches ...“*, als wäre es das normalste der Welt - dit is Berlin!

Irgendwann saßen „Kalle“ und ich direkt am Ufer der Spree und hatten dabei mit zwei Mädels etwa sieben Meter entfernt wiederholt ein paar schüchterne Blickkontakte.

Zwar versuchten wir uns gegenseitig anzustacheln, „Einfach aufzustehen, zu den Mädels rüber zu gehen und die beiden anzusprechen“, aber irgendwann wurde uns die Entscheidung von zwei anderen Typen, die die Mädels zwischenzeitlich ansprachen, abgenommen und wir begaben uns auf die Tanzfläche.

Als schon langsam der Morgen dämmerte, begann plötzlich ein heftiger aber angenehmer Regenschauer und die Leute bewegten sich zügig Richtung Clubausgang.

Ein paar wenige verblieben auf der Tanzfläche und da ich „Kalle“ nicht unter den Verbliebenen sah, begab ich mich zurück ins Hostel und versuchte zumindest etwas Schlaf zu erhaschen.

Als ich mich am Vormittag aus dem Bett rollte - müde, aber dennoch mit einer gewissen inneren Stärke und Zufriedenheit - wurde mir schlagartig klar, dass dies ja bereits mein Abreisetag war.

Nach dem Frühstück packte in meinen kleinen Koffer, gab meinen Schlüssel ab, verabschiedete mich bei Heiko und machte mich auf in Richtung U-Bahn-Station.

Auf dem Weg durch die längst wieder trockene Grünberger und Warschauer Straße machte sich eine gewisse Wehmut in mir breit.

Was für eine tolle Stadt und was für tolle und offene Menschen. Ich würde definitiv wieder herkommen und gerne auch länger bleiben.

Obwohl, wenn man Berlin richtig kennenlernen möchte, müsste man wahrscheinlich mindestens für zwei Jahre hier leben - eine schöne Stadt, aber wohnen möchte ich hier nicht.

Dank Google Maps fand ich ohne Probleme zurück zum ZOB und fuhr mit dem Fernbus über Erlangen wieder zurück nach Forchheim - zurück in mein gewohntes Leben.

Meinen Kollegen, Freunden und Bekannten würde ich in den folgenden Tagen stolz von meinem kleinen Abenteuer in der großen Stadt erzählen und noch oft gerne an dieses Wochenende und an diese Stadt zurück denken.

⌛ 123

E-M@il für mich

Herbst 2007

Seit der Übergabe der Sicherheitsbriefkopie waren etwa drei oder vier Wochen vergangen und die Wogen waren - so schien es zumindest - geglättet.

Irgendwann erhielt ich eine E-Mail, die mich wohl an Udo´s Botschaft erinnern sollte: *„du gut denken was machst, wir wissen alle. passen auf."*

Na die kam doch bestimmt vom *„Kennst-Du-Russenmafia"*-Typen. Immerhin hatte ich nun für eventuelle Rückfragen seine private E-Mail-Adresse. Was für ein Amateur.

„Ihr beobachtet mich also weiterhin? Na wenn es euch Spaß macht! Aber vielleicht macht es mir ja auch Spaß? Wie würde es euch denn gefallen, wenn ich euch dabei beobachte, wie ihr mich beobachtet, wie ich euch beobachte ...?"

Die Wahrscheinlichkeit, dass das Universum durch das daraus entstehende Paradoxon Schaden nehmen könnte, schätzte ich jedenfalls als relativ gering ein und da ich ohnehin ein paar Tage frei hatte und nach einem neuen Hobby suchte, postierte ich mich mit meinem Auto mehrmals am Tag für jeweils etwa eine halbe Stunde in ca. 15 Meter Entfernung gegenüber der Firma meines Erzeugers.

Da ich mir nach den ersten Mahnwachen nicht sicher war, ob mein stiller Protest gegen die Stalkingaktionen von Udo & Co. vielleicht nicht etwas zu Still war und damit unbemerkt bleiben würde, fing ich an, meine Beobachtungen im Umkreis des Firmengebäudes zu dokumentieren.

„09:42 Uhr: eine Person betritt mit Brötchentüte das Gebäude; vermutlich zweites Frühstück"

Das machte ja wirklich ein klein wenig Spaß! Fehlten nur noch ein Fernglas, eine Sonnenbrille und eine Zeitung mit Loch.

Zum Ende der Woche schickte ich meine dokumentierten Beobachtungen als Antwort auf die ominöse E-Mail und nahm zur Sicherheit noch meinen „Marlon-Brando-Onkel" Udo ins CC.

Nachdem ich so meinen Standpunkt klar gemacht hatte (*„ihr seid nicht die Einzigen, die andere beobachten können"*), verlor ich die Lust daran und widmete mich wieder meinen normalen Hobbys.

Für eine gute Überleitung hätte ich hier vielleicht auch schreiben können: *„Irgendwie war die Luft raus ..."*, denn die war tatsächlich ein paar Tage später raus - und zwar aus beiden Reifen meines Fahrrads.

Dies bemerkte ich allerdings erst, als ich mich schon den Berg runter Richtung Arbeit rollen ließ und fast wäre ich dadurch mächtig auf die Schnauze gefallen.

Als ich später daheim nach der Arbeit den Grund begutachten wollte, bemerkte ich, dass sich jeweils ein kleines Loch direkt neben den Ventilen der beiden Reifen befand.

Zufall? Wohl kaum. Manipulation? Definitiv! Jemand aus dem Wohnhaus? Unwahrscheinlich, schließlich war das eine sehr ruhige Gegend von Forchheim und nicht die Rigaer Straße in Berlin-Friedrichshain.

Wer kommt denn da wohl als Verdächtiger in Frage? Hmm, schwierig ... Nicht!

Ich besorgte mir zwei Dosen Pannenspray für rund 15.- EUR und schickte den Kassenbeleg per E-Mail an Udo, inkl. der Aufforderung zur zeitnahen Begleichung, zu einer Stellungnahme und einer offiziellen Entschuldigung.

Mir ging es hier nicht um die 15.- EUR, aber er sollte merken, dass bei Sachbeschädigungen dieser Art die Grenzen dieser Fehde eindeutig überschritten waren.

Die Antwort kam prompt per SMS und er gab sich natürlich ahnungslos und meinte, dass er ja nichts dafür könne, wenn meine Nachbarn offensichtlich solche „schlimmen Finger" seien.

Ich machte ihm klar, dass ich ihm kein Wort glauben würde und setzte ihm eine Frist von drei Tagen zur Begleichung, Stellungnahme und Entschuldigung.

Nach drei Tagen kam von ihm dann eine Nachricht, dass die Frist ja fast abgelaufen sei und ob ich denn den Schuldigen mittlerweile gefunden hätte.

Na klar hatte ich den gefunden: Ihn, oder jemand der von ihm dazu beauftragt wurde!

Er wollte auch wissen, was ich denn nun vorhätte und erinnerte mich zugleich einmal mehr an seine diversen Drohungen. Ich machte ihm klar, dass ich dann eben tun müsse, was ich für richtig halte und beendete meine letzte Nachricht mit einen höhnischen *„tick tack …"*.

Zu meiner Überraschung klingelte einige Zeit später mein Handy. Im Display erschien die Nummer meiner Tante Karin, der Frau von Mike.

Sie erzählte mir, dass sie diese ganze Fehde nicht mehr zur Ruhe kommen lasse, entschuldigte sich für ihre Beteiligung an der Abfangaktion vor meiner Arbeitsstätte, gab zu, dass mein Erzeuger sehr wohl von den ganzen Aktionen gewusst hätte, sie die Beobachtungs- und Annafest-Abfang-Aktion nicht gutgeheißen hätte und bat mich schließlich, es nun doch gut sein zu lassen.

Ich war baff.

Das erste offene und vernünftige Gespräch zu diesem Thema aus dem Lager meines Erzeugers.

Ich signalisierte meine Bereitschaft zur Waffenruhe, forderte aber die Nennung des Verantwortlichen für die zerstochenen Fahrradreifen.

Diesen konnte sie mir nicht nennen und gab an, nichts von einer derartigen Aktion zu wissen. Dass sie nichts darüber wusste, glaubte ich ihr sogar. Dennoch bestand ich immer wieder auf den Namen, so dass sie mich irgendwann entnervt an Mike weiterreichte.

Er stritt zwar ebenfalls ab, zu wissen, dass sich überhaupt irgendjemand an meinem Fahrrad zu schaffen gemacht hätte, bot mir aber stattdessen ein Treffen zur Aussprache an einem öffentlichen Ort an.

Aus Neugierde willigte ich ein und so kam es am nächsten Abend zu einem Treffen im Restaurant des einzigen Einkaufszentrums in Forchheim mit Mike und Udo.

Letzterer fragte mich zur Begrüßung, wo ich denn mein Auto abgestellt hätte und dass er mich ja schon vom Parkplatz hätte abfangen können. Auch deutete er an, dass er mich gerne auf Aufnahmegeräte, o.ä. abtasten wolle.

Offensichtlich konnte er es nicht lassen, was auch Mike bemerkte und ihm signalisierte, sich gefälligst zurück zu halten.

Das etwa 20-minütige Gespräch zwischen uns dreien war etwa so inhaltsleer wie die Rede eines Abgeordneten im Bundestag. Die Fahrradaktion wurde weiterhin abgestritten, es gab gegenseitige Schuldzuweisungen und beide stellten sich bedingungslos schützend vor ihren Bruder, meinem Erzeuger.

Letztendlich lief alles auf eine Patt-Situation hinaus und da ich der ganzen Diskussionen und Ereignisse der vergangenen

Monate ohnehin langsam müde war, einigten wir uns schließlich auf einen offiziellen Waffenstillstand.

Ihren Wunsch, ihnen in den nächsten Tagen alle Exemplare des hinterlegten Briefes auszuhändigen lehnte ich natürlich ab.

Da Mike die ganze Sache aber in absehbarer Zeit endlich vom Tisch haben wollte, schlug er alternativ vor, dass ich ihm mein Wort geben solle, diese nach einer gewissen Übergangszeit zu vernichten.

Da es zu der Länge dieser Übergangsphase keine nähere Definition gab, willigte ich ein - und er schob ein *„spätestens im Frühjahr 2008“* hinterher.

Ich grinste, überlegte kurz und der Waffenstillstand und die anstehende Vernichtung meines Druckmittels innerhalb der nächsten Monate wurde von allen Beteiligten mehr oder weniger widerwillig per Handschlag besiegelt.

Dieser sollte auch tatsächlich halten - zumindest bis zum nächsten Frühjahr ...

⌛ 117

Taxi Taxi

Juli 2005

In den vergangenen Monaten hatte ich einen Großteil des Verhaltens meines Erzeugers - meist stillschweigend - toleriert.

Der Anfang vom Ende wurde aber wohl mit einem Ereignis im Juli 2005 eingeläutet ...

Damals - natürlich wieder zu Zeiten des Forchheimer Annafests - rief er mich mit nicht mehr ganz so deutlicher Aussprache an. Er hätte Streit mit seiner Svetlana und ich solle ihn doch (bitte?) bei sich zu Hause abholen und in die Firma fahren.

Bei ihm angekommen war er bereits voll (und auch) in Fahrt und zu meinem Schrecken hatte er wohl an diesem Wochenende auch meinen kleinen Bruder bei sich.

Nachdem er Svetlana noch ein lallendes *„Der Einzige der mich hier anschreit, bin ich selber!“* entgegenrief (darüber muss ich heute noch schmunzeln), packte ich ihn und meinen Bruder ins Auto, um die Situation zumindest erstmal ein wenig zu entschärfen.

Im Auto sagte er mir dann, dass meine Mutter schon in der Firma auf ihn warten würde, um meinen Bruder abzuholen - im gleichen Atemzug meinte er dann aber auch, dass sie davon noch gar nichts wissen würde.

Da ich mit meiner Mutter nach wie vor kein Wort wechselte, zögerte ich zunächst, mich bei ihr nach der tatsächlichen Absprache zu erkundigen - das sollte sich zeitnah noch als fataler Fehler herausstellen!

An der Firma angekommen war meine Mutter natürlich nicht da und ehe ich mich versah, hatte sich mein Erzeuger mit meinem Bruder in der Firma verschanzt. Dummerweise hatte ich lediglich einen Schlüssel für mein Büro im Anbau, nicht aber für das Hauptgebäude, in dem sich mein Erzeuger mit meinem Bruder befand.

Was konnte ich also tun? Ich musste in den damals für mich sauren Apfel beißen und meine Mutter anrufen. Es kam heraus, dass vereinbart war, dass er meinen Bruder bei ihr Zuhause abliefern sollte. Ich schilderte ihr die aktuelle Situation und sie machte sich auf dem Weg in die Firma.

Ich wartete vor Ort und sah einige Minuten später ein Taxi auf die Firma zufahren. Das konnte nur mein Erzeuger gerufen haben und so fing ich das Taxi gut 50 Meter vor der Firma ab, fragte den Fahrer, ob mein Erzeuger das Taxi bestellt habe und erklärte ihm die Situation mit meinem Bruder und dass seine Mutter auf dem Weg hierher sei. Der Fahrer wollte sich zunächst selbst ein Bild von der Situation machen und fuhr weiter zur Firma.

Aus der Ferne sah ich, wie mein Erzeuger mit meinem Bruder einstieg und fing das Taxi danach an der gleichen Stelle erneut ab. Ich erklärte dem Fahrer erneut, dass die Mutter des kleinen Kindes im Fahrzeug auf dem Weg hierher wäre. Dieser ließ sich aber nicht beirren und fuhr schließlich davon.

Ich weiß bis heute nicht, warum ich dem Taxi nicht einfach hinterher gefahren bin und meine Mutter von unterwegs aus über den aktuellen Stand informiert habe, statt vor der Firma auf ihr Eintreffen zu warten. Aber an diesen Tag hatte ich ja ohnehin - wie auch in den Monaten zuvor - so einige Fehleinschätzungen und dumme Entscheidungen getroffen.

Kurze Zeit später traf meine Mutter bei der Firma ein und ich klärte sie über die Situation auf. Da er vermutlich mit dem

Taxi nach Unterleinleiter fuhr, um meinen Bruder daheim abzusetzen, machte sich meine Mutter wieder direkt auf den Rückweg.

Um die Geschichte nicht unnötig in die Länge zu ziehen (ok, dafür ist es wohl zu spät): Mein Erzeuger ließ sich mit meinem Bruder zu einer Kneipe nach Ebermannstadt fahren und meine Mutter konnte ihm nach etlichen Telefonaten seinen genauen Standort entlocken. Dort eingetroffen hat sie sich noch mit dem Wirt angelegt, sich meinen Bruder geschnappt und meinen Erzeuger dort sitzen lassen.

Diesen doch noch guten Ausgang berichtete sie mir abends am Telefon, als wir uns das erste Mal seit über einem Jahr wieder halbwegs vernünftig unterhielten.

Dieses Ereignis sollte gleichzeitig das Ende der viel zu langen und eigentlich völlig unnötigen Eiszeit zwischen mir und meiner Mutter einleiten. Eine Eiszeit, die durch Zutun meines Erzeugers sowohl ihren Anfang, als auch ihr Ende fand. Wie Poetisch.

Und ein Ereignis, dass das (viel zu langsame) Ende meiner Loyalität meinem Erzeuger gegenüber eingeleitet hatte.

Warum ich nach diesem Ereignis überhaupt noch für meinen Erzeugern gearbeitet, oder überhaupt noch mit ihm geredet habe? Gute Frage! Wahrscheinlich aus niederen Gründen, wie Angst vor meiner beruflichen Zukunft und vielleicht einer gewissen Bequemlichkeit.

Bei meinem „heutigen Ich“ wäre er wahrscheinlich nach dieser Aktion nicht ohne weiteres davon gekommen. Aber man kann die Zeit (leider) nicht zurück drehen - man kann nur stetig dazu lernen und sich weiterentwickeln.

⌛ 121

Der Gefangene von Zombieland

2005

„Die, deren Namen ich niemals ausspreche“ - heute zwar nur noch aus Gewohnheit, nach der Trennung im Jahr 2005 aber aus reinem Selbstschutz.

Was zum Teufel war nur los mit mir? Warum bin ich auf einmal so emotional? Warum zieht mich das alles so runter? Mich, dem, der Liebeskummer in Filmen, Serien und Talkshows immer für aufgeputschten Blödsinn hielt.

„Wähh, ich kann ohne sie/ihn nicht leben.“ - Mimimimimi, komm klar man und denk gefälligst mal ein bisschen rational!

Und nun sitze ich selbst in dieser Liebeskummerfalle ...

Und das Schlimmste daran: Ich finde absolut keine rationale Erklärung dafür.

Sogar meine Kumpels, die immer ziemlich genervt von meiner Überdrehtheit waren, wünschten sich lieber mein „altes Ich“ zurück, als weiterhin mit ansehen zu müssen, dass mein leerer Gesichtsausdruck nicht mal mehr von einem leichten Schmunzeln geziert wird.

Irgendwann waren sie sogar so verzweifelt, dass sie mich mit einer Bekannten verkuppeln wollten - eine absolute Premiere, aber ich war noch nicht einmal ansatzweise wieder dafür empfänglich.

Und die ständigen Eskapaden meines Erzeugers auf Arbeit machten die Situation auch nicht besser.

An Silvester 2004 versuchte ich einen symbolischen Abschied, in dem ich alle Bilder und Nachrichten an und von ihr auf eine CD brannte, danach von meinem Handy und PC löschte und die CD um Mitternacht mit einer Feuerwerksrakete gen Himmel abschießen wollte.

Blöde Idee, da die CD zu schwer für die Rakete war.

Und so wurde daraus die symbolische Geste, dass ich die Erinnerungen in Form von Bits und Bytes nicht einfach in den Himmel schießen konnte, sondern zusammen mit ihnen hier unten verbleiben und damit leben muss.

Na immerhin hatte ich wieder Speicher frei auf meinem Handy ...

Eines Tages - es muss so im Frühsommer 2005 gewesen sein - war ich öfter im Antenne-Bayern-Chat unterwegs, als ich plötzlich eine private Nachricht darüber erhielt.

„Hi, kennst Du mich noch?" war da zu lesen. Ich schaute kurz auf das Profil des Nutzers und es war: Brigitte Nielsen

Nein, natürlich [die, deren Namen ich niemals ausspreche]!

Ich grüßte verhalten zurück und sie erzählte mir Stolz, dass sie jetzt endlich *„eine richtige Frau"* sei.

Aha ... Und was soll ich mit dieser Information jetzt anfangen?

Ist es zu so einem Anlass ein gesellschaftlicher Brauch, Blumen zu verschenken? Oder eine Pflanze? Feuchttücher? Keine Ahnung ...

Ich antwortete ihr, dass ich es für keine gute Idee halten würde, wenn wir wieder Kontakt hätten.

Sie äußerte ihr Unverständnis und ich wünschte ihr platitüdenhaft alles Gute.

In diesen Moment wurde mir bewusst: Ich bin über sie hinweg! Ich bin endlich wieder frei!

Ich lernte wieder herzhaft zu Lachen und konnte meine Kumpels endlich wieder mit meiner Überdrehtheit nerven.

Und alle lebten glücklich, bis an ihr Lebensende ...

Naja, den einen oder anderen Stolperstein wird es bis dahin wohl sicherlich noch geben.

Dass aus den Stolpersteinen des Lebens aber irgendwann ein Weg nach Berlin gepflastert werden sollte, vermochte ich damals noch nicht einmal ansatzweise zu erahnen ...

⌛ 48

Berlin is coming [3]

Dienstag, 31.03.2015 - gegen 09 Uhr

Mein Hab und Gut in den Mietwagen verladen: Check!

Die Wohnung kontrolliert, ob alles in Ordnung ist und ich nichts vergessen habe: Check!

Mich von meinen Nachbarn verabschieden: to do ...

Ich hatte noch diverse Getränke und Knabbereien von meiner Geburtstags-, bzw. Abschiedsfeier übrig. Einen Teil davon würde ich für die Autofahrt mitnehmen, den Rest aber (vor allem Alkoholika und Fruchtsäfte) würde ich - ähnlich wie viele andere materielle Dinge - hier zurücklassen.

Ich klingelte also zuerst bei meiner direkten Nachbarin Renate, mit der das Eis spätestens nach meiner Nikolaus-Aktion wenige Wochen nach meinem Einzug gebrochen war.

Damals hatte ich am Morgen des 06.12. jeweils einen Nikolaus vor jede Tür meiner Nachbarn gestellt und sie revanchierte sich mit Pralinen und Lebkuchen. Auf die Frage, woher sie denn wisse, dass ich das mit dem Nikolaus gewesen sei, meinte sie damals nur: *„Bevor Du hier eingezogen bist, standen keine Nikoläuse vor den Türen."*

Touché - und damit meine ich nicht die Boygroup ...

Ich verabschiedete mich also von Renate und bot ihr - in einer Postkiste wie in einem Bauchladen - diverse Fruchtsäfte und Alkoholika an.

Die Menge meines „Angebotes" wurde verringert, meine innerliche Wehmut an diesem Morgen dafür größer.

Aber hey - es sollte nicht das letzte Mal sein, dass wir uns begegneten.

Mein nächster Stopp führte mich zu meiner Nachbarin Natalie unter mir. Auch sie nahm mir ein paar Restgetränke ab, obligatorisches Drückerchen, *„tschö, man sieht sich“* - abgehakt.

Blieb noch mein Nachbar Jochen, der einige Jahre direkt unter mir und nun schließlich im Erdgeschoß wohnte. Er nahm mir schließlich den Rest ab, dickes Drückerchen und einiges an Wehmut.

Jochen stand mir von allen Nachbarn am nächsten - nicht zuletzt, weil er unzählige Male den Grill aufgebaut hatte, als ich von Arbeit kam, mich im „Neder“ und anderen Forchheimer Kneipen eingeführt hatte, aber auch weil wir unzählige Bier und Konversationen miteinander geteilt hatten.

Er würde mir von allen Nachbarn am meisten fehlen - und in gut einer Stunde würde ich realisieren, dass ich ihm wohl auch ein bisschen fehlen würde.

Doch was würde mich in den kommenden Tagen, Wochen, Monaten, vielleicht auch Jahren in Berlin erwarten? Der „Big Deal“ des Lebens, oder ein dicker, fetter „Zonk“?

Das würde ich wohl nur erfahren, wenn ich jetzt aufs Ganze gehen würde ...

⌛ 34

Ey Mann, wo is' das Auto?

Samstag, 15. Juli 2006

Wenn ich von Berlin erzähle, meine ich mit *„als ich das erste Mal in Berlin war"* meistens meinen Wochenendausflug nach Berlin an Pfingsten 2014.

Tatsächlich war ich aber bereits im Juli 2006 das erste Mal in Berlin. Allerdings erinnere ich mich nur recht ungern an dieses Wochenende, welches eigentlich ganz harmlos begann.

Nach meinem Weggang aus der Firma meines Erzeugers, versuchte ich noch für ein paar Monate, meine Selbstständigkeit - dann allerdings mit dem Fokus auf Privatkunden im EDV-Bereich - aufrecht zu erhalten.

Meine nahezu einzige Kundin in dieser Zeit war Jaqueline, 19 Jahre alt, wohnhaft in Pretzfeld bei ihrer Mutter und ihrem älteren Bruder. Sie benötigte Hilfe bei der Einrichtung des DSL-Routers und noch ein paar anderen Dingen.

Ich war und bin zwar jemand, der anderen quasi nie direkt in die Augen schaut, aber sie hatte wahnsinnig tiefe braune Teddybäraugen, die mich in ihren Bann zogen.

Was sie allerdings auch hatte, war ein Freund - womit sich jede Art von (eventuell auch unbeholfenen) Annährungsversuchen (teddybär-)augenblicklich verbat.

Zwar weiß ich nicht mehr genau warum, aber irgendwie blieben wir auch nach meinem Einsatz bei ihr über ICQ (dem PC-WhatsApp der 2000er) in Verbindung und schrieben uns gelegentlich - natürlich auf rein freundschaftlicher Basis.

Ende Juni oder Anfang Juli - ich hatte mittlerweile eine Katze und hatte meine Selbstständigkeit gegen einen Zeitarbeiterjob eingetauscht - schrieb sie mir, dass sie ihren Freund mit einer anderen erwischt hätte und am Boden zerstört war.

Wir unterhielten uns lange und irgendwann meinte sie, dass sie gerne mal zur „Loveparade“ nach Berlin fahren würde und ob ich nicht Lust hätte, mitzukommen. Zwei Bekannte von ihr wären wohl auch dabei und so beschlossen wir, im Juli 2006 gemeinsam nach Berlin zu fahren, auf einen Zeltplatz zu campen und uns das „Loveparade-Spektakel“ mal live, anstatt nur im TV anzuschauen.

Ich wurde als Fahrer (und später auch als Packesel) auserkoren und so trafen wir an diesen Samstag gegen Mittag auf dem Zeltplatz in Berlin ein und fuhren von dort aus mit der U-Bahn zum Ort des Geschehens.

Meine Begeisterung über die Menschenmassen hielt sich natürlich in Grenzen, aber dennoch fand ich es spannend, so ein Event einmal hautnah mitzuerleben.

Am späteren Nachmittag lernten wir dann ein paar Berliner kennen und zogen gemeinsam über den Sterndamm. Gemeinsam, bis kurz vor der großen Kundgebung, als wir uns in der Menschenmenge aus den Augen verloren.

Die Kurzfassung: Die beiden Bekannten von Jaqueline hatte ich kiffend auf einer Wiese am Sterndamm wieder gefunden, Jaqueline und die anderen der Gruppe, der wir uns zuvor angeschlossen hatten, blieb für den Rest des Nachmittags verschwunden. Und auch am Abend. Und in der Nacht.

Mein Versuch mit den mittlerweile sehr zugekifften Bekannten von Jaqueline eine gemeinsame Suchaktion zu starten, war ebenso vergebens, wie die Hoffnung, dass Jaqueline zwischenzeitlich wieder zum Zeltplatz zurück gefahren sein könnte, um uns dort zu treffen.

Jaqueline blieb verschwunden und ihre beiden Bekannten schien dies völlig kalt zu lassen - im Gegensatz zu deren dauerglimmenden Joints.

Im Laufe des späteren Abends leerte sich der Sterndamm langsam und ich pendelte bis in die frühen Morgenstunden zwischen Sterndamm und Zeltplatz hin und her, um sie vielleicht doch noch aufzuspüren.

Gegen vier Uhr morgens fiel ich total erschöpft ins Zelt, wo mich gegen neun Uhr morgens die gerade frisch eingetroffenen Begleiter zur Seite schoben, um ihren Cannabisrausch auszukurieren.

Plötzlich hörte und spürte ich ein vibrieren im Rucksack von Jaqueline, den ich den ganzen vorherigen Tag durch die Gegend schleppen durfte. Es war ihr Handy und am anderen Ende der Leitung einer aus der Gruppe, mit der wir am Nachmittag zuvor unterwegs waren.

Sie hatten uns zusammen mit Jaqueline ebenfalls den ganzen Abend und die halbe Nacht gesucht und Jaqueline wusste nicht mehr, wo der Zeltplatz war, oder wie dieser hieß.

Sie hatten wohl auch versucht, uns über ihr Handy im Rucksack zu erreichen - leider wusste ich nicht, dass sich das überhaupt im Rucksack befand und hatte es bis zu diesem Moment weder gehört (da nur auf Vibration), noch die Vibration bemerkt.

Mittlerweile wäre sie per Anhalter auf dem Weg Richtung Thüringen unterwegs, um sich von dort aus dann irgendwie weiter nach Bayern und schließlich nach Oberfranken durchzuschlagen.

Da ich nun über das Handy Bescheid wusste, fasste ich den Plan, mich auf dem Weg Richtung Thüringen zu machen und hoffte, dass sie sich zwischenzeitlich über ihr Handy melden würde und ich sie so unterwegs einsammeln könnte.

Da gab es nur noch ein Problem: Die beiden zugekifften Bekannten.

Ich ging sie wecken, brachte sie auf den aktuellen Stand der Dinge, baute das Zelt buchstäblich unter deren Hintern ab und packte alles ins Auto. Die beiden ließen sich nicht wirklich aus der Ruhe bringen und daher begann ich sie im 5-Minuten-Takt darauf hinzuweisen, dass in jeweils zwei Minuten Abfahrt sei.

Nach gut 40 Minuten hatte ich schließlich genug, verkündete, dass die Abfahrt JETZT erfolgen wird und ging zum Auto, wo ich noch gut 30 weitere Minuten erfolglos versuchte, mein Navi in Gang zu bringen.

Na toll - ich mit meinem nicht vorhandenen Orientierungssinn ohne Navi nach Thüringen. An diesem ohnehin schon sehr bescheidenen Wochenende. Konnte es noch schlimmer kommen?

Ach, warum frage ich überhaupt so blöd ...

Da mir das Wohlergehen von Jaqueline wesentlich wichtiger war, als das Wohlergehen ihrer völlig gleichgültigen Bekannten, beschloss ich schließlich ohne die beiden loszufahren. Ich hatte ihnen schließlich jetzt über eine Stunde lang verklickert, dass ich abfahren würde und nach Thüringen waren es ja auch noch einige Kilometerchen.

Blöd nur, dass ich ohne Navi noch nicht einmal in der Lage war, die nächstgelegene Autobahnauffahrt zu finden, um diese unheilvoll wirkende Stadt hinter mir lassen zu können.

Und Google Maps? Das gab es damals zwar gerade frisch in Deutschland, allerdings lediglich als Desktop-Version - und Smartphones in der heutigen Art wurden erst ein paar Jahre später eingeführt.

Die Tankanzeige meines Seat Ibizas neigte sich langsam Richtung „E“ wie *„Ey, Dein Tank ist bald leer“* und so hielt ich an der nächsten Tankstelle, die mir zufällig in den Weg kam, fragte auch gleich noch nach dem Weg Richtung Autobahn und besorgte mir eine Straßenkarte.

Ich liebe Karten. Die fand ich schon in der Schule gaaaanz toll. Erdkunde war mein aaaaabsolutes Lieblingsfach. Nicht!

Nachdem ich schon gut eine Stunde unterwegs war und nun auch endlich die langersehnte Autobahn in Sichtweite war, klingelte das Handy - diesmal mein Handy

Am anderen Ende: „Kiffman" und seine treue Begleiterin, die erst jetzt bemerkt hatten, dass mein Auto nicht mehr da war und mich aufforderten, sofort zurück zu kommen und irgendwas von *„immerhin sind wir ja auch zusammen hergekommen"* faselten.

Nur blöd, dass denen das in den vergangenen rund 16 Stunden völlig am Arsch vorbei ging (wahrscheinlich, weil es da nicht um sie ging, sondern „nur" um Jaqueline) und es für mich wahrscheinlich nahezu unmöglich gewesen wäre, den Weg zum Zeltplatz wieder zurück zu finden.

Davon abgesehen wollte ich auch nicht!

Es war so gegen 12 Uhr - ich fuhr immer noch unbeirrt Richtung Thüringen und wäre fast noch in einen Unfall geraten, weil dem Auto vor mir der Reifen geplatzt war und das Fahrzeug kurzzeitig unkontrolliert hin und her schlingerte.

Zum Glück hielt ich genügend Sicherheitsabstand und so kam es zu keiner Kollision. Wozu es aber leider auch nicht kam, war der erhoffte Anruf von Jaqueline.

Wozu es stattdessen aber kam, war, dass durch das etwas härtere Bremsmanöver aufgrund des Reifenplatz-Autos vor mir, Jaquelines Handy vom Beifahrersitz rutschte und danach zwar noch heil, aber leider ausgeschalten war.

Ok, fassen wir zusammen: Jaqueline selbst hat kein Handy dabei und ist auf dem Weg nach Thüringen. Das Handy, über das sie mich erreichen könnte, ist jetzt durch das Bremsmanöver ausgeschalten und ich kenne natürlich ihre PIN nicht. Und meine Handynummer wird sie nicht auswendig kennen.

Möglicher Ausweg? Ich rufe ihre Mutter an (die Nummer sollte ja über die Auskunft zu ermitteln sein), schildere ihr die Situation, lass mich eventuell ein bisschen anschreien und gebe ihr meine Handynummer durch, damit sie mich anrufen kann, falls sich Jaqueline bei ihr meldet.

Gedacht, getan. Ihre Mutter war gespenstisch entspannt (klar, ihre Tochter irrt ja nur gerade ohne ein aktuelles Lebenszeichen durch Deutschland rum) und versprach mich anzurufen, sobald Jaqueline sich meldet, damit ich sie von irgendwo aus dann abholen kann.

Nach gut einer Stunde kam der erhoffte Anruf und ihre Mutter teile mir mit, dass sie nun auf dem Weg nach Prag wäre.

Alles klar, ich bin auf dem ... Moment ... Prag? Wieso Prag?

Einige Minuten später klärte sich durch einen erneuten Anruf ihrer Mutter das Missverständnis auf - sie meinte wohl eigentlich Bamberg. Klar, Prag und Bamberg kann man aufgrund des selben Wortklangs, der selben Länge und den nahezu identischen Buchstaben ja durchaus mal verwechseln!

Sie teilte mir außerdem mit, dass ihre Tochter wohl gegen 17 Uhr irgendwas am Bamberger Hauptbahnhof an Gleis 9¾ (oder so ähnlich) ankommen würde und ich versprach ihr, sie von dort dann abzuholen und zu ihr nach Hause zu bringen.

Von einer kleinen Irrfahrt abgesehen, kam ich auf erstaunlich direkten Weg und überpünktlich am Bamberger Hauptbahnhof an, besorgte noch etwas zu trinken und eine Kleinigkeit zu essen für Jaqueline - immerhin war es ein recht warmer

Tag und sie hatte sicherlich auch Hunger - nur um dann einen erneuten Anruf von ihrer Mutter zu bekommen, dass sie sich mit der Ankunftszeit geirrt hatte und ihr Bruder sie bereits abgeholt hätte. Ich solle doch einfach direkt nach Pretzfeld kommen.

Und weiter geht die wilde Fahrt ...

Bei ihr Zuhause in Pretzfeld angekommen, waren Jaqueline und ihr Bruder zwar noch nicht eingetroffen (da sie wohl noch einen kleinen Abstecher zu Burger King machten), dafür wurde ich von ihrer Mutter aber zur Teilnahme an einen Matratzen-Verkaufsevent bei sich zuhause gedrängt.

Klar, wenn es gerade keine anderen Sorgen gibt ...

Irgendwann traf Jaqueline dann doch noch ein und zu meiner Erleichterung ging es ihr den Umständen entsprechend gut. Sie hegte auch keinerlei Groll gegen mich - später allerdings auf ihre (ebenfalls gut bei sich Zuhause angekommenen) Bekannten, mit denen sie sich wohl auch nur abgegeben hätte, weil sie sonst keine Freunde habe.

Und so liebe Kinder habe ich zwar nicht eure Mutter, dafür aber Berlin kennen (und zunächst hassen) gelernt.

Jaqueline ist später wieder mit ihrem Ex-Freund zusammengekommen und ich habe seitdem auch nie wieder von ihr gehört.

⌛ 4

Ist das Leben (etwa) nicht schön?

Besteht das ganze Leben eigentlich nur aus Familien- und Beziehungsdramen, aus Lügen, Verrat, Betrug, gegenseitigem „in die Pfanne hauen“, Boshaftigkeiten, Verachtung, Verleumdungen, Neid und Habgier?

Gab und gibt es denn eigentlich auch schöne Momente in meinem Leben?

Na logisch gab und gibt es diese - aber diese werden oftmals derart von den negativen Aspekten und Erlebnissen überschattet, dass diese leider nur allzu leicht in Vergessenheit geraten.

Traurigerweise neigt man als Mensch dazu, sich lieber über alles Negative zu ärgern und davon runterziehen zu lassen, anstatt sich an den positiven Dingen zu erfreuen und das Beisammensein mit seinen Lieblingsmenschen zu genießen und zu schätzen.

Und oftmals sind es genau diese kleinen Momente, die einem auch noch Jahre später gerne in Erinnerung bleiben, prägen und wieder aufbauen:

Die Party-Animals auf dem Traumschiff Surprise

Das große Highlight des Jahres - neben dem Forchheimer Annafest - war immer das Bayern3-Partyschiff: Party auf dem Wasser, auf drei Decks, mit unterschiedlichsten Musikrichtungen - und jedes Jahr mit Sandra, Thea, Patrick & other friends. Die Tickets waren immer schnell vergriffen, die Vorfreude groß und die Stimmung immer bombastisch. Einziges Manko: Es war nur einmal im Jahr! Gibt es in Berlin eigentlich auch Gewässer und Partyschiffe?

Das ganze Leben ist ein Quiz

Ab etwa Mitte 2012 brach das große Quiz(duell)-Fieber aus - ob in der Mittagspause auf Arbeit, beim gemeinsamen Kneipenbesuch (die Kategorieauswahl erfolgte dann in der Regel, indem man den Touchscreen des Handys einfach im zufälligen Winkel auf die Nase des Gegenübers stupste), oder beim Feierabendbierchen mit den Nachbarn im Hof (wo hin und wieder eine Kabeltrommel aus der Erdgeschosswohnung nach draußen verlegt wurde, damit die Handys zwischendurch nachgeladen werden konnten). Es wurde zwischenzeitlich einfach immer gedaddelt und als netten Nebeneffekt hatte man aufgrund so mancher Quizfrage auch immer etwas Gesprächsstoff.

Ein Mann sieht Rot(h)

Ach was habe ich nur im Zeitalter vor Google Maps gemacht, wenn ich irgendwohin, bzw. an einen bestimmten Ort fahren wollte? Ganz einfach: Mich mächtig verfahren! Irgendwann hatte ich mir einmal in den Kopf gesetzt, am Wochenende zu einer Diskothek nach Trockau (etwa 45 km von Forchheim entfernt) zu fahren. Beim ersten Versuch bin ich auf der Hinfahrt mitten im Wald gelandet, beim zweiten Versuch hatte ich diese zwar auf dem Hinweg ohne Umwege erreicht, der Rückweg zog sich in dieser Nacht aber ein klein wenig. Im dichten Nebel hatte ich eine Abzweigung verpasst und irrte so über die fränkischen Landstraßen, bis ich schließlich nach einiger Zeit die Stadt „Roth“ erreichte (etwa 80 km von Forchheim entfernt) - statt regulär knapp 50 Minuten, brauchte ich für den Heimweg in dieser Nacht gut 2,5 Stunden und fuhr insgesamt etwa 300 km. Zumindest im Nachhinein eine amüsante Erinnerung.

Das Amt

Im Gegensatz zu den Ämtern in Berlin, kann man diese in Forchheim in der Regel auch ohne Termin aufsuchen und hat hier meistens nur eine Wartezeit von maximal zehn Minuten. Hin und wieder sorgt so ein Behördengang auch durchaus mal für einen Lacher, z.B. als ich von meiner ersten Wohnung im John-F.-Kennedy-Ring näher ins Stadtinnere gezogen bin und nach der Ummeldung einen neuen Adressaufkleber auf den Personalausweis bekam. Blöd, wenn der erste Buchstabe des Straßennamens nicht mitgedruckt wird - dafür aber umso amüsanter, wenn man in die „(K)analstraße" gezogen ist.

Alle Jahre wieder: Santa Clause

Was passiert, wenn man in Oberfranken am 06.12. in die Disco geht und dabei eine Nikolausmütze aufhat? Man wird permanent von Leuten gefragt, ob „der liebe Nikolaus" der jeweiligen Person etwas mitgebracht hätte. Logische Konsequenz? In der Weihnachtszeit vollständig als Nikolaus verkleiden und bei dieser Frage einfach jedes Mal einen kleinen Schokonikolaus aus der Tasche zaubern - die verdutzten Gesichtsausdrücke sind den Aufwand allemal wert. Irgendwann wurde das zum alljährlichen Ritual und ich habe dafür nicht selten ein Bierchen oder Schnaps ausgegeben bekommen. Ein paar Jahre später hatte ich mir dann auch noch ein Osterhasenkostüm und ein Körbchen besorgt und bin damit an den Osterwochenenden durch die Kneipen gezogen - der Standardspruch *„Soll ich Dir mal meine Eier zeigen?"* war dabei natürlich bewusst zweideutig gewählt.

Der Mann, der die selbsternannte Göttin verklagte

„Der Klügere gibt nach." ist wohl eine der dümmsten Weisheiten überhaupt. Wenn man der Dummheit nachgibt und zu viel Raum lässt, breitet sie sich nur unaufhaltsam aus. Nicht zuletzt deshalb hatte ich im Frühjahr 2012 meine ehemalige Vermieterin verklagt - offiziell wegen der bis dato von ihr einbehaltenen Kaution, aber letztendlich um ihr zu zeigen, dass sie sich nicht alles erlauben kann. Die Klageschrift hatte ich nach einiger Recherche selbst verfasst und mich vor Gericht auch selbst vertreten. Mit ihrem Anwalt verstand ich mich in der Pause und nach der Verhandlung blendend und der Richter nahm mich gegen ihre Schimpftiraden im Gerichtssaal nicht nur in Schutz, sondern klärte sie auch recht deutlich über ihre tatsächlichen Rechte auf. Ich ließ mich schließlich auf einen Vergleich ein, um nicht Gefahr zu laufen, zwar mit großer Wahrscheinlichkeit Recht zu bekommen, aber dafür vielleicht einen Teil der Gerichts- und eventuell ihrer Anwaltskosten tragen zu müssen. Alleine das Erlebnis an sich, das zwischenzeitliche Kompliment des Richters (*„Haben sie etwas in dieser Richtung studiert?"*) und das entsetzte Gesicht meiner ehemaligen Vermieterin, war mir den ganzen Aufwand allemal wert. Oh man, kann ich ein Arsch sein ...

I'll Be Home for Christmas

Im Dezember 2006 - etwa 2 Wochen vor Weihnachten - war ich im örtlichen Einkaufszentrum. Aus Gründen. Auf dem Weg zur Ausfahrt, fuhr vor mir ein Auto statt im vorgeschriebenen Schritt-, lediglich im Schneckentempo. Hinter mir bildete sich bereits eine gut 100 m lange Schlange und so wagte ich es, den Fahrer vor mir durch ein kurzes Hupen aus seinem offensichtlichen Tiefschlaf zu reißen. Stattdessen hielt das Fahrzeug vor mir an (was lediglich an dem Aufleuchten der

Bremslichter erkennbar war), eine ältere Dame stieg auf der Beifahrerseite aus und bewegte sich in einer zeitlupenartigen Geschwindigkeit auf mich zu. In der Zwischenzeit wurde die Auto-Schlange hinter mir natürlich nicht kürzer. Nachdem die Dame schließlich an meinem Auto angekommen war, klopfte sie an die Scheibe und fragte (in ähnlich rasanter Geschwindigkeit wie das Faultier Flash aus „Zoomania"): *„Haben Sie gerade gehupt, junger Mann?"* - Naja, „gerade" ist gut - mittlerweile hatten wir diverse Jahreszeitenwechsel und drei Währungsreformen. Und ganz so jung bin ich seit dem Hupen auch nicht mehr. Ich antwortete mit einem kurzen *„Ja"* und bekam von ihr die Gegenfrage *„Warum das denn?"* gestellt. Meine leicht genervte Antwort *„Weil ich Weihnachten gerne Zuhause verbringen würde!"*, konterte sie mit einem *„Nun übertreiben Sie mal nicht so, junger Mann!"* und bewegte sich schneckengleich wieder zum Fahrzeug vor mir zurück, bei dem mittlerweile der TÜV abgelaufen sein dürfte. Und ja, ich konnte dieses Jahr Weihnachten dann doch noch Zuhause verbringen.

(No) Hangover

Im Frühjahr 2012 sollte Patrick, einer meiner besten Freunde den Bund fürs Leben eingehen. Obwohl seine zukünftige Ex-Verlobte (da dann ja Ehefrau) damals nicht besonders viel von mir hielt (was sich später noch ändern sollte), freute ich mich natürlich für ihn. Bevor es soweit war, gab es natürlich noch einen Polterabend und schließlich einen Junggesellenabschied. Wir (einige Kumpels von ihm) fuhren also nach Erlangen und zogen durch einige Bars, Biergärten und Kneipen. Er als zukünftiger Ehemann musste dabei ein Superman-Kostüm mit Schalke-Logo (sein Lieblingsverein) statt dem üblichen „S-Emblem" tragen. Im ersten Biergarten angekommen, fragte ich die offensichtlich sehr resolute Wirtin, ob sie denn auch Cola-Weizen hätten. *„Hmm, Cola und Weizen zusammen in ein Glas gießen - das sollten wir gerade so hinbekommen."* - Ich mochte ihre sarkastische Art. Als wir später in eine Bar „einfielen" und nach einen freien Tisch fragten, teilte man uns mit, dass nur noch Stehtische frei wären. Genau in diesem Moment kam, bzw. rollte (da er seit seiner Kindheit im Rollstuhl saß) einer der Kumpels nach einer kurzen Zigarettenpause in die Bar und sorgte in der Clique für entsprechende Lacher - und wir bekamen doch noch einen (wenn auch nur zeitlich begrenzten) normalen Tisch. Am nächsten Morgen wachten wir übrigens nicht in einen Hotelzimmer und ohne Tiger auf.

Brot für die Welt

Erinnert ihr euch noch an mein Bernd-das-Brot-Stofftier im Auto? Meine Passion zu dieser etwas mürrischen Kika-Figur ging an Fasching 2006 so weit, dass ich wochenlang an einem Bernd-das-Brot-Kostüm bastelte. Dabei handelte es sich um ein Holzgestell mit entsprechend braunen Stoffüberzug. Die Augen bestanden aus weißen Fliegengitter und die Pupillen aus mit schwarzen Filz beklebten Magneten, so dass diese auch vom Inneren des Kostüms aus bewegt werden konnten. Für die Füße mussten alte Pantoffeln herhalten, an denen brauner Stoff geklebt und teilweise mit Blaupunkt-Nägeln (die später durch die Innensohle drücken sollten) befestigt waren und die typischen viel zu kurzen Hände (mit Watte gefüllt), durften natürlich auch nicht fehlen. Leider kam das Kostüm nur einmal zum Forchheimer Faschingsumzug zum Einsatz, sorgte dort aber für einige strahlende Kinder- und vereinzelt auch Erwachsenenaugen. Mission also erfüllt.

Bierfest - From Dawn Till Dusk

Fast schon legen ... warte, es kommt gleich ... där, war das (so nicht geplante) Ganztagesfrühschoppen, zu dem ich mich mit Patrick im Frühjahr 2015 getroffen hatte. Nach den ersten zwei oder drei Bierrunden und einem deftigen Lunch in einem nahegelegenen Wirtshaus mit seiner Frau und ihrer Schwester ging es dann schließlich noch in den „Neder" (eine Brauereigaststätte), wo es mit dem Gerstensaft munter weiter ging. Nach einer kurzen Talsohle am Nachmittag mit „saurem Radler" (= Bier mit Mineralwasser), nahmen wir noch einen „Bierkasten-to-go" mit und leerten diesen bis zum Abend noch mit meinem Nachbarn Jochen. Keine Ahnung wie viele Krüge und Flaschen wir an diesen Tag geleert hatten, aber der Spruch meines Kumpels, als wir den Bierkasten zu mir nach Hause trugen (*„Warum schauen die Leute so komisch - haben die noch nie ´nen Kasten Bier gesehen?"*) wird mir wohl ewig in Erinnerung bleiben und bringt mich auch heute noch zum Schmunzeln.

Die Qual der Wahl

Was tut man, wenn man gerne u.a. über Politik diskutiert und es gerade Bundestagswahl ist? Richtig, sich am Wahlsonntag nach der Stimmabgabe zum Mittagessen in der Stadt treffen, sich bis zum Nachmittag verquatschen und noch eine zweite Mahlzeit (+ Getränke) einnehmen, weiter bis zum Abend versacken und schließlich über die ersten, zweiten und dritten Hochrechnungen diskutieren. Leider (oder zum Glück) wusste ich damals noch nicht, dass dies meine letzte Bundestagswahl in Forchheim sein sollte.

B(l)uffy im Bann der Dämonen

Meine erste und bisher einzige Pokerrunde im realen Leben fand zusammen mit Jochen bei den Nachbarn gegenüber statt. Nach einer kurzen Einführung in die Regeln, hatte ich zwar noch nicht wirklich besonders viel Ahnung vom Pokern, dafür aber eine Strategie, die die anderen Mitspieler in den Wahnsinn trieb: Ich bin einfach grundsätzlich immer mitgegangen, so dass die anderen nie wussten, ob ich ein gutes Blatt habe, oder Bluffe. Ob ich ein gutes Blatt habe, wusste ich manchmal selber nicht - so gab ich mich am Ende einer Runde überzeugt als Verlierer zu erkennen, weil farblich einfach gar nichts zusammengepasst hatte. Beim Aufdecken der Karten hatten mich meine Mitspieler dann darauf hingewiesen, dass ich einen „Straight" und damit die Runde gewonnen hatte. Upps ...

Der Verrückte mit dem Geigenkasten

Seit ich als Kind das erste Mal „Rednex" hörte, war ich fasziniert von dem Klang einer gut gespielten Violine und deren unglaublichen Vielseitigkeit - von *„so zart, dass einem fast das Herz zerspringt"*, über „Klassik-Gefiedel", bis hin zum powergeladenen Booster fast jeder Musikrichtung. Als ich 2013 das erste Mal Lindsey Stirling auf Youtube hörte, erlebte meine Passion zur Violine ihren zweiten Frühling und ich kaufte mir 2014 eine Violine, um diese spielen zu lernen, *„wenn ich mal Zeit habe"*. Naja, zumindest „Stille Nacht, heilige Nacht" und einen Teil von Gigi D'Agostino´s „L'amour toujours" konnte ich irgendwann halbwegs erkennbar spielen.

Cat(s) And (No) Dogs

Ich erinnere mich auch gerne an meine Zeit als Katzenbesitzer (oder umgekehrt?) in den Jahren 2006-2009 zurück. Ich gab ihr zwar nie einen Namen, nannte sie aber - je nach aktuellen Verhalten - „grauer Engel“, „Mauzl“, oder nur „Katze“ (wenn sie besonders unartig war). Ich weiß zwar nicht, ob sie sich freute, wenn ich mit einem Kater nach Hause kam, aber ich kann mit Stolz behaupten, dass sie aufs Wort hörte. Wenn sie z.B. auf dem Balkon lag und ich sie am Abend hineinholen wollte, fragte ich: *„Kommst Du jetzt rein, oder nicht.“* - und sie kam rein, oder nicht.
Leider ist sie eines Tages ausgebüxt und ward nie wieder gesehen ...

Das blaue Sofa

Als ich im Oktober 2011 ins Stadtinnere von Forchheim umgezogen bin und ich bereits den ganzen Kleinkram mit einen Transporter in die neue Wohnung verfrachtet hatte, half mir Patrick schließlich noch mit dem „Großkram“, u.a. meinem dunkelblauen Sofa. Wir bugsierten das Sofa also aus dem 4. Stock durch das Treppenhaus nach unten - mal die Stufen hinab tragend, mal hochkant gestellt um die Kurven schiebend und mit großer Erleichterung, als wir mit dem Mistding endlich unten vor dem Transporter angekommen waren. Als wir die Couch auf dem Gehweg abgestellt hatten und ich instinktiv begann, das Transporterinnere mit Decken auszulegen, fragte mich Patrick nach dem Grund dieser Aktion. Immerhin hätten wir das Sofa im Treppenhaus an jeder Seite aufgestellt, hätten dabei diverse Spinnenweben mitgenommen und der Gehweg, auf dem der Mehrsitzer nun stand, wäre ja wohl auch deutlich schmutziger, als das Innere des Leihtransporters, in dem wir es nun verfrachten würden. Ähhhhmmm ... Stimmt!

Als die Kacke Pipi musste

Ostern 2003 - ich hatte gerade exakt einen Monat lang meinen Führerschein (als erster in der Clique) und würgte mein Auto mittlerweile nicht mehr beim Anfahren an jeder Ampel ab. Damals wohnte weder ich, noch einer meiner Kumpels in Forchheim, sondern verteilt in kleinen Ortschaften im Umkreis von gut 20 km. Und so wurde beschlossen, dass wir an diesen Abend einen Abstecher in die - für uns damals recht große - Stadt Forchheim machen sollten. Wir verbrachten gut zwei Stunden in einem Café und irrten danach ziellos durch die Stadt. Mangels öffentlicher Toiletten erleichterten sich zwei von uns in einer Seitengasse, hatten dabei die Rechnung aber nicht mit den zivilen Mitarbeitern des Ordnungsamtes gemacht. Fazit: Je 40.- EUR Bußgeld und ein amüsanter „Schwank aus unserer Jugend“ für unsere Enkel.

... und viele weitere grandiose Momente, mit denen man wahrscheinlich mehr als nur ein Buch füllen könnte.

Egal wie viele unangenehme Momente wir erleben, wie vielen toxischen Arschlöchern wir begegnen, wie oft wir uns in irgendwelche Kleinigkeiten reinsteigern und eigentlich absolut unnötig ärgern - die vielen kleinen ruhigen, angenehmen und außergewöhnlichen Momente und Menschen in unserem Leben, sollten wir dabei nicht übersehen, oder gar für selbstverständlich halten und uns diese stattdessen immer wieder bewusst machen, um glücklich zu sein.

- Glück ist die Summe schöner Momente! -

⌛ 141

23 - Die Wahrheit der Lüge

Donnerstag, 20. März 2008

Es war mein Geburtstag, schon der dreiundzwanzigste.

Langsam fühlte ich mich alt. Aus heutiger Sicht natürlich absolut lächerlich - so richtig alt ist man schließlich erst mit Anfang/Mitte 30.

Der Tag sollte eigentlich wie jeder andere werden: Morgens zur Arbeit, nachmittags nach Hause, ein bisschen programmieren, TV glotzen, zu Abend essen und gegen 22:30-23:00 Uhr (je nach Tagesform) ab in die Heia.

Doch die erste Überraschung sollte mich schon beim Öffnen der Haustür erwarten: Svetlana und Udo!

Wie „Tic Tac Toe" in ihrem Musikvideo zu „Ist der Ruf erst ruiniert" schienen sie mir entgegenkreischen zu wollen: *„Wir sind wieder daahaaa ..."*, während sie mich zurück ins Treppenhaus drängten. Udo wollte mich eigentlich am liebsten Richtung Keller drücken, scheiterte aber an meinem Widerstand.

Meinem entnervten *„Was wollt ihr?"* entgegnete er: *„Nichts, wir wollten Dir nur zum Geburtstag gratulieren! Und Dich daran erinnern, die hinterlegten Briefe zu vernichten!"*

Ich soll also meine einzig halbwegs wirksame Sicherheit vernichten, nachdem Udo gerade eben die einige Monate zuvor vereinbarte Waffenruhe gebrochen hatte? Finde den Fehler!

Plötzlich waren Schritte im Treppenhaus zu hören und Udo ließ von mir ab. Ich nutzte die Gelegenheit, öffnete die Haustür und verabschiedete mich mit *„Das nächste Mal könnt ihr ja wenigsten Kuchen mitbringen."* - sie ließen mich von dannen ziehen.

Geht das Spiel nun also wieder von vorne los und sollte ich mich erneut darauf einlassen? Oder sollte ich versuchen, das Ganze im Keim zu ersticken?

Ich fuhr am nächsten Tag nach der Arbeit zur Firma meines Erzeugers und postierte mich mit meinem Auto diesmal direkt vor der Firma. Direkt zu klingeln erschien mir aufgrund vergangener Erfahrung als wenig effektiv. Ich hoffte, durch diese neue Strategie die Ratten aus dem Bau locken zu können - mit Erfolg!

Es dauerte nur wenige Minuten, bis meine Anwesenheit bemerkt wurde und sich eine Gruppe von etwa fünf bis sieben Leuten um mein Auto versammelt hatten und mich am wegfahren hindern wollten.

Schließlich zeigte sich auch mein Erzeuger - zum ersten Mal in dieser seit gut 20 Monaten anhaltenden Fehde. Er lud mich in sein Büro ein - vermutlich um zu viel Aufmerksamkeit zu vermeiden, da der Bereich vor der Firma von Fahrschulen gerne zu Übungszwecken genutzt wurde und auch in und wieder mal ein Polizeiauto vorbei fuhr.

Sein Bruder Udo war bei diesem Sechs-Augen-Steh-Gespräch ebenfalls dabei. Bei der ersten Frage meines Erzeugers, warum ich ihn denn eigentlich nicht leiden können würde, konnte ich mir kaum das Lachen verkneifen.

Ich warf ihm ein paar Ereignisbrocken als Erinnerungsstütze entgegen, zu denen er sich mal mehr und mal weniger rechtfertigte, dabei aber stets der Opferrolle treu blieb:

Von meiner Mutter musste er sich trennen, weil er es nicht mehr aushielt, er habe natürlich kein Alkoholproblem, werde von anderen und dem ganzen Stress aber immer wieder dazu genötigt, ja natürlich habe er von der Abfangaktion vor meinem Arbeitsplatz gewusst, sah aber keine andere Möglichkeit (ein Vier-Augengespräch war natürlich keine Option) und natürlich wisse er auch, wer mein Fahrrad manipuliert hatte, wolle mir aber nicht sagen, wer daran beteiligt war.

Das war wohl der ehrlichste Moment meines Erzeugers seit ... tja, gute Frage ...

Einsicht oder gar eine Entschuldigung war aus seinem zum zwischenzeitlich mutierten Märtyrer-Monolog natürlich nicht herauszuhören - aber vielleicht mag das auch daran liegen, dass es nicht zu meinen Stärken gehört, zwischen eventuell vorhandenen Zeilen zu lesen.

Nachdem er seinen Monolog beendet hatte und noch ein *„Und Du hast mich angezeigt!“* hinterher schob (ja, weil Du meine Briefe vom Finanzamt abgefangen hattest und deshalb einen Schuss vor dem Bug gebraucht und verdient hattest), fragte ich ihn, ob er denn nun fertig sei.

Ich machte ihm klar, dass ich seine Gaunereien ohne weitere Vorwarnung auffliegen lassen würde, wenn ich jemals ihn, oder jemanden aus seiner Gefolgschaft wieder in meiner Nähe sehen würde, irgendeine Art von Nachricht erhalte, mir in meiner Umgebung auch nur irgendetwas komisch vorkommen sollte, oder ich mich beobachtet fühlen würde.

Falls mich jemand von ihnen auf der Straße sehen würde, solle er oder sie doch besser die Straßenseite wechseln.

Stille.

Ich ging.

Es war vorbei.

Und diesmal sollte es auch so bleiben.

⌛ 98

Ratatouille

Einsamkeit? Das muss nicht sein!
Deshalb zogen im Jahre zwanzig-vierzehn drei Damen bei mir ein.
Keine Hamster, Meerschweinchen, oder sonstiges Getier,
nein, zwei - bald drei - Rattenweibchen bezogen ihr Quartier bei mir.

Zuerst wollte ich sie „Hildegard“ und „Renate“ nennen,
das ließ meinen Wahnsinn nicht nur erahnen, sondern eindeutig erkennen!
Ich besann mich schließlich auf die Namen „Babsi“ und „Bärbel“ - juhu,
doch Letztere kam dank Babsi´s Ratten-ADHS nie so recht zur Ruh.

Ok, dacht ich mir - die Lösung ist ja gar nicht schwer,
eine Spielkameradin für Babsi - namens „Bibi“ - musste her.
Doch ohje, die Enttäuschung, sie war groß,
denn nun gingen die beiden gemeinsam auf die arme Bärbel los.

Natürlich wusste sie sich zu verteidigen - als Alphatier im Käfig
und die Streitereien wurden mit der Zeit eher mäßig.
Bald tollten sie im Garten rum - und das fast jeden Tag,
wurden nachts dadurch auch ruhiger - ach wie ich meinen Schlaf doch mag.

Bärbel war die Schlaue und obendrein ´ne echte Sportskanone,
doch auch die freche Bibi und Babsi´s Neugier waren nicht ganz ohne.
Selbst Jochen - zwar kein Freund von solchen Tieren,
kam nicht umhin, gelegentlich ´nen Blick auf deren Treiben zu riskieren.

Ach, sie machten mir schon viel Freude, die „Possierlichen Drei“,
doch leider ging auch diese Ratten-Ära irgendwann einmal vorbei.
Der Gedanke sie abzugeben erfüllte mich mit Schmerz,
schließlich wuchsen mir die - manchmal dreisten - drei doch sehr ans Herz.

Doch der Umzug nach Berlin wäre wohl zu viel für sie gewesen,
das hatte ich so zumindest im Internet gelesen.
Ich genoss die Zeit - geschmust wurde auch (und das nicht zu knapp),
und gab sie schließlich vor dem Umzug in (hoffentlich) gute Hände ab.

Natürlich erinnere ich mich an das Trio auch heute noch sehr gerne,
denn ihre kleinen Herzen gaben mir so viel - vor allem: Wärme.

⌛ 130

Einer flog über das Kuckucksnest

Herbst 2005

Es war Samstagabend nach einer - mittlerweile gewohnt - ereignisreichen Woche der Reihe „I´m blue da be dee“ meines Erzeugers, der sich von mir aus mittlerweile am liebsten dahin scheren sollte, wo der blaue Enzian blüht.

Aber noch arbeitete ich für ihn und noch hoffte ich auf den großen Wendepunkt und einer deutlichen Besserung der Gesamtsituation, mit der ich (auch ohne an einem Marterpfahl gefesselt zu sein) mittlerweile unzufrieden war.

Ein ruhiges und erholsames Wochenende? Natürlich nicht ...

Am frühen Abend ging es los: Im Fünf-Minutentakt riefen mich abwechselnd Svetlana, Mike, Udo und Hilde an - mein Erzeuger hätte sie wohl lallend angerufen, mit Selbstmord gedroht und sie wollten wissen, ob ich denn wüsste wo er sei.

Eigentlich hätte ich ja beleidigt sein sollen, dass er mich nicht angerufen hatte, aber ich glaube zu dieser Zeit spürte er meinen zwar noch langsam aber stetig wachsenden Widerstand gegen ihn - ich begann damals, ihm nicht mehr in jeder Situation loyal gegenüber zu stehen. Dafür ging dieser ganze Irrsinn mit der Trennung von meiner Mutter und seinen ganzen Eskapaden einfach schon viel zu lange. Und die Aktion mit meinem kleinen Bruder Ende Juli 2005 nahm ich ihm auch immer noch sehr übel ...

Es stellte sich schließlich heraus, dass er am Kanal hinter der Firma saß/lag und von dort aus per Telefon die halbe Verwandtschaft terrorisierte.

Da er wohl vor Ort alkoholbedingt kaum noch ansprechbar war (und ein kleiner Schubser Richtung Kanal wohl als Umweltverschmutzung eingestuft worden wäre), rief Udo den

Notarzt und antwortete nach dessen Eintreffen wahrheitsgemäß auf die Frage, ob er irgendwelche Selbstmordabsichten geäußert hätte mit *„Ja."* - eine Antwort, die er sich von meinem Erzeuger noch lange vorhalten lassen durfte.

Aber immerhin wurde er aufgrund dieses kleinen Wortes vorrübergehend in eine psychiatrische Klinik eingewiesen, aus der er - wenn überhaupt - frühestens am Montag entlassen werden würde.

Sollte das der erhoffte Wendepunkt sein? Würde er diesmal realisieren, dass er ein ernsthaftes Problem hat und viel zu weit gegangen ist?

Spoiler: Nein!

⌛ 128

Kiss Boom Bang

Ich war nie ein „Aufreißer-Typ“ und war dem anderen Geschlecht gegenüber zwar grundsätzlich interessiert, aber auch sehr zurückhaltend (man könnte auch sagen: schüchtern) eingestellt.

Meistens stand ich mir dabei selbst im Weg, wurde aber selbst hier - zumindest in jungen Jahren - von meinem Erzeuger beeinflusst, bzw. demoralisiert.

Mein erster „Schwarm“ (falls man in dem Alter davon sprechen kann) war in der ersten Klasse ein Mädchen namens Nicola. Sie hatte lange schwarze Haare, ein nettes Lächeln und ich verbrachte gerne die Schulpausen mit ihr. Als mein Erzeuger einmal mitbekam, wie ich ihr ein Küsschen auf die Wange gab, zog er mich wochenlang damit auf.

In der zweiten Klasse gab ich mich dann mehr mit Carola ab - sie hatte blonde gelockte Haare, ebenfalls ein tolles Lächeln und wirkte manchmal etwas traurig, was vermutlich damit zusammenhing, dass sich ihre Eltern scheiden ließen. Einige Jahre später hatten wir zeitweise noch einmal sporadisch Kontakt, haben uns aber irgendwann komplett aus den Augen verloren.

In der fünften Klasse war ich in den Ferien meistens in der Firma meines Erzeugers (damals noch in Ebermannstadt) und bekam ein wenig zusätzliches Taschengeld für die Erledigung trivialer Aufgaben, wie z.B. das Zerkleinern von Kartons. Zu der Zeit lernte ich Aische kennen, die Tochter von Peggy (ja, die spätere Geliebte meines Erzeugers) und Mohammed.

Als sie mich das erste Mal sah, ergriff sie spontan die Flucht. Später wurde sie aber „zutraulicher“ und wir verstanden uns ganz gut. Mein Erzeuger zog mich damit natürlich wieder auf und wollte uns am liebsten zwangsverkuppeln.

Etwa zwei oder drei Jahre später erzählte mir meine Tante Karin, dass Aische ihr angeblich erzählt hätte, dass sie sich in mich verknallt hätte. Ich nahm das damals nicht besonders ernst und hatte ehrlich gesagt auch keine große Lust, mir entsprechende Kommentare meines Erzeugers anhören zu müssen und distanzierte mich so weitgehend von ihr.

Etliche Jahre später - kurz vor dem „Rosenmontagskrieg" - kamen wir uns wieder etwas näher und schrieben uns nahezu jeden Abend über ICQ. Die Geschichte fand jedoch ihr jähes Ende, als sich ihre Mutter Peggy und mein Erzeuger trennten und ich versuchte neutral zu bleiben. Was folgte war ein Schwall aus wüsten Beschimpfungen und Verwünschungen gegen mich und meine Familie - und dem Abbruch jeglichen Kontakts.

In meinen Teenager-Jahren vermied ich es ansonsten eher, mich mit Mädchen abzugeben. Die meisten hatten ohnehin kein Interesse an so einen kleinen, seltsam wirkenden, unsportlichen, dürren Nerd wie mir. Dafür durfte ich mir permanent von meinem Erzeuger anhören, wer nicht alles schon wie viele „Meter weg" hätte.

Als ich mit 17 Jahren zum Discogänger wurde, hoffte ich zunächst auf den „Wingman-Effekt" innerhalb der Ausgehclique. Da sich meine Kumpels aber fast alle bereits in Beziehungen befanden und mir der Mut und die Erfahrung fehlte, selbst Mädels anzusprechen, begnügte ich mich auch hier meistens mit der Außenseiterrolle und redete mir irgendwann auch selbst ein, dass ich gar keine Partnerin an meiner Seite bräuchte.

[Die, deren Namen ich niemals ausspreche] brach dieses Denkmuster wieder auf und so interessierte ich mich in den Folgejahren (nach dem Zombiejahr) wieder vermehrt für das weibliche Geschlecht.

So lernte ich Ende 2005 Anna auf einer Geburtstagsfeier eines gemeinsamen Kumpels kennen. Seitdem lud ich sie auch zu meinen eigenen Feiern ein, wo es auch irgendwann zu einer kleinen Knutscherei im Keller kam. Zwar verloren wir in den folgenden Jahren nie ganz den Kontakt, wirklich näher gekommen sind wir uns aber auch nicht.

Nach dem „Loveparade-Desaster-Wochenende“ 2006 versuchte ich Jaqueline etwas näher zu kommen, die sich aber zwei Wochen später wieder von ihrem betrügerischen Ex einlullen ließ - also auch kein wirklicher Verlust.

Nach meinem Interesse an Sarah in 2007, bei der es letztendlich ja nicht einmal zu einer nachhaltigen Freundschaft gereicht hatte, beschränkte ich mich in den Folgejahren überwiegend auf kaum erwähnenswerten und meist recht belanglosen Smalltalk und vereinzelte, ebenso belanglose One-Night-Stands.

Die letzte halbwegs erwähnenswerte Person in dieser Reihe vor meinem großen Umzug in 2015, war wohl Ursula, mit der ich mich ja im Juli 2013 stundenlang unterhalten hatte, mir dann aber noch nicht einmal ihre Nummer geben ließ.

Hatte ich die Uschi-Geschichte (kurz: „Uschichte“) eigentlich schon zu Ende erzählt? Nein? Upps ...

Also: Nachdem sich an diesen Abend unsere Wege trennten und ich sie nicht nach ihrer Nummer gefragt hatte, rekapitulierte ich am nächsten Morgen unsere abendlichen Gespräche und vor allem die persönlichen Fakten, die ich von ihr wusste:

- Ihr Name war Ursula und sie war 19 Jahre alt.
- Ich kannte den Ortsteil, in dem sie wohnte (heute kann ich mich nicht mehr daran erinnern).
- Ihre Eltern waren beide Ärzte.

- Der hintere Garten des Hauses in dem sie wohnte, war von allen Seiten durch hohe Hecken blickdicht geschützt, so dass sie sich für den nächsten Tag vorgenommen hatte, sich darin nackt in die Sonne zu legen. (... und ich habe sie nicht einmal nach ihrer Nummer gefragt!)

Was sollte ich mit diesen Daten schon anfangen? „Ursula“ und den Ortsteil bei Google eingeben und das Beste hoffen? Warum eigentlich nicht - schließlich hatte ich ja auch nichts zu verlieren.

Und tatsächlich: Ihr Vorname in Kombination mit dem Ortsteil zeigte in der Google-Bildersuche ein Bild von ihr aus einem Zeitungsartikel, unter dem ihr vollständiger Name stand. Und nun?

Ich versuchte es mit den Suchbegriffen „Arzt“, dem Nachnamen und dem Ortsteil - und tatsächlich stieß ich auf der ersten Seite der Suchergebnisse auf einen Artikel aus einer Ärztezeitschrift, unter dem nicht nur der gleichlautende Nachname einer Ärztin, sondern auch noch eine vollständige Adresse aus dem gesuchten Ortsteil stand.

Sollte es wirklich soooo einfach sein?

Auf dem Google-Maps-Satellitenfoto der genannten Adresse waren eindeutig die alles umschließenden Hecken des hinteren Gartens zu erkennen. Volltreffer! Und das nach nicht einmal insgesamt 15 Minuten Suchzeit.

Wir leben in einer echt seltsamen und beängstigenden Zeit, dass man selbst mit so wenigen Daten in kürzester Zeit die komplette Wohnadresse herausfinden kann.
Ok, hier war auch extrem viel Glück dabei.

Und was sollte in nun mit meinen Erkenntnissen anstellen? Dort hinfahren, klingeln und sagen: *„Hey, erkennst Du mich* *noch von heute Nacht? Ich habe mir mittlerweile Deinen Garten bei Google Maps angeschaut und der ist ja wirklich ideal zum Nackt-Sonnenbaden!“* - wohl eher nicht.

Aber wenn mir das Schicksal (oder was auch immer) schon diese zweite Chance gibt (nachdem ich die erste Chance mit der Handynummer ja ordentlich vergeigt hatte), sollte, oder vielmehr MUSSTE ich diese nun wohl auch nutzen.

Einen Tag später besorgte ich also eine kleine Geschenktüte und füllte diese mir einer Schachtel Pralinen, einem Stofftier und einer Collage mit Bezug zu dem Event, auf dem wir uns getroffen hatten, meiner Handynummer und Orts- und Zeitangabe für ein weiteres Treffen am darauffolgenden Samstag in der Nähe vom - ihr ahnt es sicherlich schon - Forchheimer Annafest.

Zugegeben, etwas gewagt und sehr direkt (und fast ein bisschen unverschämt), aber hey - wer nicht wagt, der nicht gewinnt!

Ich fuhr mit der Tüte nach [wie auch immer dieser Ortsteil nochmal hieß] und stellte diese mit der Aufschrift „für Ursula“ vor ihrer Haustür ab.

Am darauffolgenden Samstag wartete ich zu der von mir selbst angegebenen Zeit am entsprechenden Treffpunkt und ... trottete schließlich nach gut einer Stunde Wartezeit wieder nach Hause!

Offensichtlich hatte sie kein Interesse - allerdings hätte sie ja dann zumindest absagen können. Naja, den Versuch war es jedenfalls Wert!

Und schließlich sollten wir uns acht Monate später ja doch noch ein zweites Mal begegnen ...

⌛ 120

Er ist wieder da

Herbst 2005

Nachdem mein Erzeuger einen auf „Jack Nicholson“ gemacht hatte (nur mit weitaus weniger überzeugender schauspielerischer Leistung) und wegen suffbedingten Selbstmorddrohungen übers Wochenende in eine psychiatrische Einrichtung eingewiesen wurde, waren alle in der Firma in heller Aufregung.

Wie würde es weitergehen? „Müssen“ wir für eine Weile ohne ihn auskommen? Was wird sich ändern? Wird sich überhaupt irgendwas ändern? Und warum liegt hier eigentlich Stroh?

Gegen zehn Uhr ging die Nachricht um, dass er wohl aus der psychiatrischen Einrichtung entlassen wurde und in den nächsten 40 Minuten in der Firma eintreffen würde.

Obwohl ich die Ereignisse vom Samstag zwar nur aus der Konferenzschaltung kannte, hatte ich trotzdem mächtig die Schnauze voll - genauso, wie die gesamte Verwandt- und Belegschaft der Firma.

Überall wurde leidenschaftlich darüber diskutiert, wie man ihm klar machen könne, dass es so nicht weitergehen kann und so wollten sie geschlossen in der Gruppe direkt nach seinem Eintreffen ein ernstes Wörtchen mit ihm reden - so zumindest der ursprüngliche Plan.

Doch dann betrat kurze Zeit später der Fuchs den Hühnerstall und alle verkrochen sich in irgendeine Ecke.

Statt mit *„wir müssen reden“* wurde er von Mike und Giovanni erstmal mit einem *„Hey, schön dass Du da bist - willst Du einen Tee, Kaffee, Zigarette, ...?“* begrüßt.

Ich war fassungslos - von 100 auf „pfffff“ in 3 Sekunden ...

Gut zehn Minuten später, als er Getränk und Zigarette zu sich genommen hatte, ging er schließlich in sein Büro - und zu meiner Überraschung formierte sich nun doch noch die gesamte Belegschaft und begab sich wild entschlossen in die Höhle des Löwen, bzw. in den Fuchsbau.

... nur um nach weniger als einer Minute ebenso geschlossen mit gesenkten Köpfen eben diese(n) wieder zu verlassen!

Da ich zu diesem Zeitpunkt noch innerlich mit mir gerungen hatte, ob ich nach diesem Wochenende überhaupt noch für meinen Erzeuger arbeiten sollte und meine Entscheidung von seinem weiteren Verhalten abhängig machen wollte, war ich zwar bei dieser „Unterredung“ mit der Belegschaft nicht mit dabei, aber ich konnte mir den Verlauf dieser „Blitzansage“ durchaus vorstellen:

„Ähh ... Wir wollten mal mit Dir reden ...“ - „Geht euch alles nichts an!“ - „Ok, tschüss ...“

So wirklich verübeln kann ich es ihnen nicht - immerhin hatte ich mich letztendlich auch wieder von ihm einlullen lassen.

Zwar ließ ich ihn spüren, dass ich mächtig die Schnauze voll hatte und forderte ihn auf, mir doch bitte einen Grund zu nennen, warum ich nach den ganzen Suff-Aktionen der letzten Monate nicht gehen solle - aber irgendwie schaffte er es erneut, sich in die Opferrolle zu begeben (*„die hätten mich fast nicht wieder rausgelassen“* - man, wäre das blöd gewesen ...) und somit meinen Gedankengang in Richtung *„Zeit für winke winke“* zunächst zu zerstreuen.

Aber aufgeschoben ist ja bekanntlich nicht aufgehoben ...

⌛ 135

Erleuchtung garantiert

Freitag, 25. Juli 2014

Ein ganz normaler Tag auf Arbeit. Nicht besonders viel los, aber immerhin ist ja auch Freitag - da kann man sich auch durchaus mal etwas ruhiger ins Wochenende gleiten lassen.

Ich freute mich schon auf meinen bevorstehenden zweiten Berlin-Trip in drei Wochen. Die geplanten Städtetrips nach Köln und Düsseldorf hatte ich erst einmal beiseite geschoben.

Ach Berlin, wie denke ich doch gerne an Dich zurück. Was waren das für tolle zwei Tage, an denen ich mehr erlebt habe, als hier in Forchheim in zwei Jahren.

„Eine schöne Stadt, aber wohnen möchte ich dort nicht ...“

Plötzlich schoss es mir wie ein Blitz durch den Kopf: *„Warum eigentlich nicht?“*

„Ach quatsch, wie soll das gehen? Man kann ja nicht einfach so in eine andere Stadt umziehen. Alleine der Umzug innerhalb Forchheims vor knapp drei Jahren war schon kompliziert und anstrengend genug und bezahlbaren Wohnraum gibt es in Berlin ja sowieso nicht. Und Jobs. Dafür aber eine Menge Kriminalität und andere Probleme.“

Trotzdem hatte sich der Gedanke wie ein Parasit in meinen Kopf geschlichen und dort an mein Hirn festgesaugt wie ein Blutegel.

Um den Gedanken wieder aus meinem Kopf zu bekommen, googelte ich in der Mittagspause nach freien Wohnungen in Berlin, um mich selbst vor den garantiert viel zu hohen Mietpreisen abschrecken zu lassen und so diesem Hirngespinst von vorneherein den Garaus zu machen.

Ok, der Schuss ging nach hinten los: Die Mieten waren zwar i.d.R. teilweise deutlich höher als in Forchheim, aber es gab auch durchaus Wohnungen ab 350.- EUR warm.

„Aber Jobs gibt es da keine." - versuchte ich mit einzureden und wurde auch hier nach entsprechender Google-Suche „enttäuscht".

Auf den Wahrheitsgehalt von Klischees kann man sich heutzutage auch nicht mehr verlassen.

Dennoch war ich mir sicher, dass dieser aufkeimende Gedankenspross schnell wieder eingegangen sein würde, da ich ohnehin keinen grünen Daumen hatte.

Stattdessen freundete sich ein Teil von mir mehr und mehr mit dem Gedanken an, einen eventuellen Umzug nach Berlin zumindest ernsthaft in Erwägung zu ziehen - dieser Verräter!

Lag es einfach nur daran, dass aktuell schon wieder Annafest war?

Ich verbündete mich mit dem rationalen Teil meines Gehirns und erzählte meiner Mutter von der Berlin-Idee - sie würde mir diesen Unsinn schon ausreden ...

Nein, tat sie nicht - sondern bestärkte mich eher noch darin.

Aber spätestens bei meinem zweiten Berlin-Trip würde ich schon merken, dass die Stadt eigentlich total doof ist.

Spoiler: Nein!

Natürlich hatte ich mir auch wieder ein Zimmer im Hostel in der Grünberger Straße gebucht und Heiko (der mich schon beim rein kommen wiedererkannte und mit *„Oh nein ..."* begrüßte), konnte aufatmen, da diesmal mit der Buchung alles glatt gelaufen war.

Und das eine oder andere Bierchen in der Bar auf der anderen Straßenseite durfte auch diesmal natürlich nicht fehlen.

Zwar hatte ich diesmal keinen Berlin-Buddy an meiner Seite, aber die Erlebnisse und Eindrücke, u.a. im Q-Dorf, den gigantischen und eindrucksvollen Park am Gleisdreieck, Violine spielende U-Bahn-Spendensammler und vielen mehr, fütterten meinen inneren Berlin-Troll unaufhaltsam.

Auch dass die fränkische Band „Kellerkommando" wenige Wochen später eine Neuinterpretation von „Berlin (Du bist verrückt mein Kind)" herausbrachte, wirkte fast wie ein Zeichen dafür, dass ich diesen Schritt vielleicht doch wagen sollte.

Im November 2014 fing ich schließlich an, die ersten Bewerbungen an Berliner Firmen zu schreiben - schließlich würde die Jobsuche (gleich nach der Wohnungssuche) einer der größten Hürden für die eventuelle Berlin-Mission darstellen.

Der Wunsch war zwar mittlerweile gefestigt, aber die Herausforderungen zur tatsächlichen Umsetzung waren natürlich nicht zu unterschätzen.

Ab Anfang Januar 2015 sollte sich dann plötzlich eine ungeahnte Dynamik entwickeln: Ich erhielt eine Antwort zu meinen Bewerbungen und eine Einladung zum Vorstellungsgespräch. Und so saß ich ein paar Tage später gegen Mitternacht im Fernbus nach Berlin, wo ich gegen sechs Uhr ankam und mir vor meinem Termin um zehn Uhr noch ein ausgedehntes Frühstück in Neukölln gönnte.

Im Gegensatz zu meinem bisherigen Lagerjob, sollte es sich hierbei um einen Bürojob in der Logistik handeln. Das Gespräch verlief gut und wir vereinbarten einen Probearbeitstag eine Woche später, der ebenfalls gut verlief.

Nach meinen zweiten Tagesausflug nach Berlin innerhalb kürzester Zeit, realisierten sowohl ich, als auch meine Kollegen, Freunde und Bekannten, dass es nun wohl tatsächlich ernst mit meinem einstigen Hirngespinst werden könnte.

Als ich Anfang Februar dann schließlich die Zusage für den Job mit Beginn zum 01.04.2015 bekam, war ich zwar überglücklich, allerdings wurde mir auch schlagartig bewusst, was ich in den kommenden Wochen noch alles zu erledigen hätte - und dass damit das Ende meines gewohnten Lebens eingeläutet wurde.

Die Kündigung meines aktuellen Jobs ging schnell und einfach, zumindest der praktische Teil. In Bezug auf meine Kollegen und Kolleginnen - mit denen ich immerhin mehr als acht Jahre zusammengearbeitet hatte - machte sich natürlich Wehmut breit, die in den kommenden Wochen mein stetiger Begleiter werden sollte.

Fitnessstudio und Kirchenzugehörigkeit hatte ich in weiser Voraussicht bereits im Herbst gekündigt, Internetanbieter und sonstige regionale Mitgliedschaften folgten nun.

Als sich in den kommenden Tagen auch in der restlichen Firma herumgesprochen hatte, dass ich meinen Lebensmittelpunkt bald nach Berlin verlegen würde, sprach mich ein Kollege an, der dringend - spätestens jedoch zum 01.04. - eine Wohnung suchte. Perfekt, somit war auch dieser Punkt nach Rücksprache mit meinem Vermieter abgehackt.

Da ich auch noch gut fünf Wochen Resturlaub und Überstunden abbummeln musste, hatte ich genügend Zeit, um meinen Keller auszuräumen, meine Wohnung auszumisten (die Möbel konnte zum Glück der Nachmieter gut gebrauchen) und die Feier zu meinem 30. Geburtstag zu planen, die gleichzeitig auch meine offizielle Abschiedsfeier sein sollte.

Was soll ich sagen: Irgendwie lief und fügte sich alles in diesen letzten Wochen in Forchheim wie von selbst und bestärkte mich daher auch in dem Glauben, dass es die richtige Entscheidung sein würde, diesen doch gerade für mich sehr drastischen Schritt zu wagen.

Einziger Wehrmutstropfen: Ich realisierte von Tag zu Tag mehr, dass ich sehr viele Menschen aus dem Familien-, Freundes- und Bekanntenkreis vermissen werden würde und spürte, dass diese mich wohl ebenfalls (zumindest ein bisschen) vermissen werden würden.

Ein Neubeginn bedeutet halt immer auch Abschied nehmen - wenn natürlich auch nicht unbedingt für immer ...

⌛ 139

Independence Day

Freitag, 03. Februar 2006

Heute ist es soweit: Hopp oder Top!

Nach langer und reichlicher Überlegung werde ich heute meinem Erzeuger endgültig die sprichwörtliche Pistole auf die Brust setzen.

Zuvor versuchten mich meine Mutter, Hilde und Mike umzustimmen - nicht, weil sie meine Argumente nicht nachvollziehen konnten, sondern weil sie sich angeblich Sorgen um meine berufliche Zukunft machten.

Zumindest bei meiner Mutter kann ich diese Bedenken nachvollziehen - Hilde und Mike hatten wohl eher Angst vor einer Eskalation der Situation.

Doch ich kann diese Entscheidung nicht länger aufschieben. Viel zu lange habe ich mich von niederen Argumenten, wie meiner beruflichen und damit finanziellen Sicherheit von dieser längst überfälligen Entscheidung abhalten lassen.

Damit soll und muss nun endlich Schluss sein.

Butter bei die Fische, rien ne va plus, nichts geht mehr, alles auf eine Karte, die Würfel sind gefallen, Alles Nichts Oder, Top die Watte quillt, jetzt werden Nägel mit Köpfen gemacht - das Phrasenschwein braucht einen Verdauungsschnaps.

Mein irrwitziges Vorhaben? Mein Erzeuger soll mir einen konkreten Vorschlag machen, wie es weiter gehen soll (indem er sich z.B. in eine Therapie begibt), oder ich werde spätestens Ende des Monats seine Firma verlassen.

Dass er sich auf irgendwelche Vereinbarungen oder Zugeständnisse einlassen wird, ist eher unwahrscheinlich, also werde ich ihm unterm Strich heute quasi die Zusammenarbeit aufkündigen.

Ein längst überfälliger Schritt, aber besser spät, als nie ...

Wie es in Zukunft beruflich für mich weitergehen wird? Keine Ahnung! Ich habe keine Ausbildung, dafür aber durch die Selbstständigkeit einen recht großen Kostenapparat, von dem allein meine Kranken- und Rentenversicherung gut 700.- EUR ausmacht.

Ich weiß nur eines über meine Zukunft: So kann und wird es für mich nicht weitergehen! Ich muss endlich wieder ohne Scham in den Spiegel schauen und stolz auf mich, meine Arbeit und mein Leben sein können!

Wie steinig und schwer dieser Weg werden würde, war mir zu diesem Zeitpunkt zwar noch nicht klar (und wäre vermutlich nicht einmal Xavier Naidoo klar gewesen), dennoch würde ich diese Entscheidung an diesem Tag im Grundsatz in keinem Moment meines weiteren Lebens bereuen.

Natürlich fühlte sich die Entscheidung, die ich an diesen Tag zu treffen hatte, unbequem an - aber nun mal auch ebenso richtig.

Überhaupt sind die richtigen Entscheidungen meisten auch die unbequemsten - im Umkehrschluss wäre das eine logische Erklärung dafür, warum Menschen nicht selten so derart dumme Entscheidungen treffen: Bequemlichkeit

Ich wartete bis kurz vor Feierabend um 17 Uhr, um eine eventuelle Eskalation im normalen Tagesgeschäft zu vermeiden. Nach einem tiefen Atemzug ging ich in sein Büro und fragte recht kleinlaut, aber nicht minder entschlossen, ob er denn einen kurzen Moment für mich hätte.

Die Frage war natürlich eher rhetorisch, denn selbst nach all den Ereignissen der vergangenen zwei Jahr sollte es eigentlich eine Selbstverständlichkeit sein, dass ein „Vater" einen kurzen Moment für seinen Sohn übrig hat.

Ich fragte ihn, wie das alles aus seiner Sicht denn weiter gehen solle. Fast erwartungsgemäß gab er vor, die Frage nicht zu verstehen und druckste nur rum - und so offenbarte ich ihm, dass ich dann keinen anderen Weg sehen würde, als die Zusammenarbeit mit ihm zu beenden.

Noch bevor ich ihm erklären konnte, dass dies spätestens zum Ende des Monats erfolgen würde, warf er mir schon eine gewisse Unprofessionalität vor (ja nee, is klar - ausgerechnet er), weil ich ihm aus seiner Sicht ohne Vorwarnung und ohne Übergangsfrist die Zusammenarbeit aufkündigen würde.

Nachdem ich ihn über das kleine Missverständnis zum Thema „Übergangsfrist" aufgeklärt hatte, verabschiedete ich mich ins Wochenende und verließ mit einer gewissen Erleichterung die Firma.

Mein Erzeuger sollte die Übergangsfrist bis zum letzten Tag ausnutzen und meinen Posten an einen deutlich teureren studierten ITler vergeben, den ich seit meiner Jugend kenne und der seitdem als eine Art Vorbild im IT-Bereich für mich fungiert hatte.

Ich versuchte noch für einige Monate die Selbstständigkeit aufrecht zu erhalten, womit ich allerdings krachend scheiterte, einen ordentlichen Schuldenberg anhäufte und schließlich in die Zeitarbeit ging, bzw. gehen musste.

Bereue ich die Entscheidung an diesem Tag?

Nein, nicht eine Sekunde!

Auch wenn ich streckenweise mangels finanzieller Mittel den Gürtel deutlich enger schnallen musste, mich manchmal bis zum Ende des Monats von Nudeln mit verdünntem Ketchup und Zuckerwasser ernähren und echt beschissene und unterbezahlte Zeitarbeiterjobs annehmen musste und mein Leben zeitweise nur noch aus Arbeit, essen und schlafen bestand - das alles war es dennoch wert, mich von meinem Erzeuger zu lösen und mich zu dem zu entwickeln, der ich heute bin.

Natürlich konnte ich von dieser Entwicklung an dem „Tag der Entscheidung" noch nichts wissen, aber ich spürte damals schon, dass es die richtige Entscheidung sein würde.

Und gerade diese unbequemen Entscheidungen sind die, die getroffen werden sollten und einen im Leben erst wirklich voran bringen.

⌛ 100

Ick bin dann ma weg, wa ...

Samstag, 28. März 2015

Nun ist es also soweit. Es heißt Abschied nehmen, zumindest von den meisten in meinem Familien-, Freundes- und Bekanntenkreis.

Dazu habe ich alle für mich relevanten Personen zu einer letzten großen Geburtstags- und Abschiedsfeier eingeladen.

Noch einmal gemeinsam die Sau rauslassen, Chili und Nudelsalat essen, mit Bier und anderen Spirituosen anstoßen, Musik hören und tanzen.

Wie auch schon zu meinen Geburtstagsfeiern in den vergangenen Jahren, habe ich dazu ein kleines Gebäude mit einen 100qm-Partyraum in Forchheim angemietet.

Ursula hatte ich diesmal nicht eingeladen - sie war im letzten Jahr überraschend meiner Einladung gefolgt, die ich ihr nach dem kleinen Nicht-Treffen per Post zukommen ließ. Auf die Frage, warum sie damals denn nicht zumindest mal reagiert hätte, meinte sie nur *„Sei doch froh, dass ich jetzt da bin ...“*. Na da nimmt sich aber jemand wichtig.

Bei einem kurzen Smalltalk blieb es dann aber auch, denn immerhin war sie doch sehr damit beschäftigt, sich an jeden Kerl über 40 an den Hals zu schmeißen, was deren jeweilige Partnerinnen nicht wirklich lustig fanden und ihr den Spitznamen „Schlampen-Uschi“ bescherte.

Immerhin war ihr fünfter Anlauf bei einem Mitt-40er erfolgreich (zur Erinnerung: Sie war 19 oder 20) und aus gut informierten Kreisen soll die Verhütung beim Koitus wohl mangels Lümmeltüte aus dem gegenseitigen Abfragen nach Pille und Geschlechtskrankheiten bestanden haben. Irgendwie hatte ich das mit der Verhütung zwar mal anders gelernt, aber was weiß ich schon ...

Damit in diesem Jahr bei dieser für mich sehr bedeutsamen Feier keine Unruhe wie damals ausgelöst werden würde, hatte ich ihr explizit eine Nicht-Einladung geschickt - diese kleine Gemeinheit konnte und wollte ich mir nicht verkneifen.

Dafür war diesmal aber sogar meine Mutter mit dabei. Mein Bruder - damals 15 Jahre alt - hatte allerdings wohl keine Lust gehabt.

Der Abend ging natürlich viel zu schnell vorbei und zum Schluss blieben nur noch einer meiner besten Freunde, meine Wenigkeit und Gevatter Wehmut übrig.

Wahnsinn, wie schnell meine letzten Tage in Forchheim seit der Job-Zusage vor nicht einmal zwei Monaten plötzlich näher gerückt waren.

Und auch wenn ich meine Entscheidung nach wie vor für richtig hielt und mich auf diesen Neuanfang freute, so bricht es mir doch fast das Herz, diese gewohnte und liebgewonnene Umgebung mit all den tollen Menschen zurück zu lassen.

Klar, man ist ja nicht aus der Welt, aber trotzdem wird alles anders sein - ob gut oder schlecht, wird sich erst noch zeigen müssen ...

⌛ 145

Last One Laughing

September 2011

Das Leben ist schön!

Ich habe mich von zahlreichen negativen Einflüssen und Personen befreit, habe mittlerweile Menschen in meinem Leben, die ich zweifelsohne als echte Freunde bezeichnen kann, meine Kollegen (und ja, auch ohne gendern meine ich dabei alle Geschlechter) sind einfach grandios und meine finanzielle Situation hat sich deutlich entspannt - nicht zuletzt auch, weil ich mittlerweile von der Zeitarbeit in eine Festanstellung übernommen wurde.

Was mir noch fehlt zu meinem Glück? Vielleicht eine Partnerin an meiner Seite, was man ja aber nicht erzwingen kann.

Ich sollte im September 2011 aber auch eine frenetische Schadenfreude für etwas empfinden, was ich schon längst nicht mehr auf dem Schirm hatte.

Eines Tages schickte mir meine Mutter einen Screenshot vom Amtsgericht Bamberg. Darauf zu lesen: Die *„Mitteilung über die Eröffnung des Insolvenzverfahrens"* für die Firma meines Erzeugers.

Ich lachte lauthals los und konnte mich selbst nach mehreren Minuten kaum wieder selbst beruhigen.

Mein Erzeuger hatte es also endlich geschafft: Obwohl er eine eigentlich gut laufende Firma hatte und obwohl er mit dieser ohnehin eigentlich schon gut laufenden Firma seinen Postdienstleister mit diversen Tricksereien über die Jahre um zehn- oder vielleicht sogar hunderttausende Mark und später Euros betrogen hatte (und dafür auch eine - eher geringe - Geldstrafe zahlen musste und fast in den Knast gewandert wäre), hat er diese Firma nun doch noch durch massive Misswirtschaft, diversen Alkoholeskapaden (und dadurch massenweise vermasselte Aufträge und abgeschreckten Kunden) und einen maßlos übertriebenen Lebensstil in die Pleite getrieben. Und seine Brüder und restlichen Jünger sind ihm jahrelang blind gefolgt und werden deshalb auch in absehbarer Zeit ihren Job verlieren.

Karma is a bitch, baby!

Nachdem sich meine Schadenfreude etwas gelegt hatte (also nach einigen Tagen), konnte ich es mir nicht verkneifen, ihm und seiner Gefolgschaft in Form eines kleinen Videos zu ihrem „Erfolg" zu gratulieren.

Das Video bestand aus 3 Teilen, angefangen mit dem Helge-Schneider-Song „Kleines Arschloch (musst nicht traurig sein)", was meinem Erzeuger gewidmet war und neben der Insolvenzbekanntmachung auch sein in einen Nachruf montiertes Firmenlogo zeigte.

Der zweite Teil des Videos zeigte zur Musik aus dem Intro von „Hinter Gittern - der Frauenknast" einige seiner Straftaten (Trunkenheit am Steuer, Betrug, Widerstand gegen die Staatsgewalt - er hatte bei einer Polizeikontrolle einmal einen Polizisten u.a. gegen das Schienbein getreten), sowie Bilder aus dem Gefängnisalltag und eines nackten Insassen, der sich gerade nach der Seife bückt.

Den dritten Teil widmete ich seiner Gefolgschaft. Zum „Endgame-Song" aus SAW wurde erneut die Insolvenzbekanntmachung, der handgeschriebene Drohzettel, die Droh-Mail und ein Text über ihre Hörigkeit meinem Erzeuger gegenüber eingeblendet. Ich glaube, es kam auch die Passage *„wie Lemminge über den Abgrund gefolgt"* darin vor und wurde schließlich von einem *„Game over"* - *„Ihr Narren"* abgerundet. Nelson aus den Simpsons gab schließlich noch sein bekanntes *„Ha ha"* am Ende des Videos zum Besten.

Dieses schickte ich kommentarlos an die gesamte Verwandt- und Gefolgschaft meines Erzeugers und natürlich auch an ihn selbst.

War das nett von mir? Absolut nicht! Aber diese letzte kleine spöttische Provokation konnte und wollte ich mir einfach nicht verkneifen.

Ich war auf dem Höhepunkt der Schadenfreude gegenüber meines Erzeugers angekommen - dachte ich zumindest.

Denn der Gott der Schadenfreude servierte mir wenige Monate später noch einen kleinen Nachschlag direkt auf dem Silbertablett.

Eines Tages - es war der erste Tag nach meinem Urlaub - kam mein Chef zu mir und meinte aus Spaß: *„Hinten am Paketband haben wir jetzt jemanden, der mit Nachnamen so heißt wie Du und auch so einen ähnlichen Vornamen hat. Bist Du mit dem verwandt?“*

Ebenfalls aus Spaß entgegnete ich, *„Der heißt aber nicht mit Vornamen ‚Georg‘, oder?“* - *„Doch, ich glaube schon.“*, entgegnete mein Chef erstaunt und mir rutschte nur ein mindestens ebenso erstauntes *„Neee …“* heraus.

Da mein Chef über das Verhältnis zu meinem Erzeuger zumindest grob Bescheid wusste (nicht zuletzt auch durch die Abfangaktion direkt vor der Firma), ging er sofort nach hinten ans Paketband, um die Verwandtschaftsverhältnisse mit dem neuen Mitarbeiter abzuklären.

In der Mittagspause gratulierte mir mein Chef sarkastisch: *„Herzlichen Glückwunsch, das isser.“*

Meine Kolleginnen und Kollegen waren fassungslos und ich musste laut loslachen.

Vor allem die unglaubliche Ironie, dass er nun nach seiner Firmenpleite als Zeitarbeiter arbeiten musste, wo er doch einige Jahre zuvor nach meinem Weggang aus seiner Firma sich überall spöttisch darüber amüsierte, dass ich ohne ihn ein Nichts wäre und ich nun einen schlecht bezahlten Zeitarbeiterjob ausüben müsste, blieb mir dabei nicht verborgen und amüsierte nun mich umso mehr.

Karma is a bitch, baby!

Natürlich müsse man ihn trotzdem ganz normal behandeln und ihm eine faire Chance geben, gab mir mein Chef zu verstehen. Allerdings sollte ich ihm auch Bescheid geben, falls es irgendwelche Probleme geben sollte.

Mir war allerdings klar, dass er sich ohnehin nicht lange in einem regulären Job wie diesen halten würde - und ich sollte Recht behalten: Nach einer vorbildlichen ersten Woche, ließ er sich in den darauffolgenden drei Wochen ständig krankschreiben und ward schließlich auch in dieser Firma nicht mehr gesehen ...

⌛ 15

Das letzte Abendmahl

Montag, 30. März 2015

Nun ist es also soweit. Es heißt Abschied nehmen ...

Déjà-vu? Naja, nach der Abschiedsfeier mit Familie, Freunden und Bekannten kommt nun noch ein letzter Abend mit einen meiner besten Freunde: Patrick

Zuvor hatte ich noch mein letztes Hab und Gut gepackt und die letzten Vorbereitungen für meinen Aufbruch in ein neues Leben am nächsten Morgen getroffen.

Nach dem ganzen Stress und wehmütigen Momenten der letzten Wochen, freute ich mich, dass nun noch Zeit war, um mit meinem Kumpel noch ein letztes Mal als Forchheimer in einer der zahlreichen Wirtschaften einkehren zu können, danach noch die eine oder andere Kneipe zu besuchen und ein paar fränkische Biere zu genießen.

An wie vielen Abenden wir in den letzten Jahren durch die Forchheimer Kneipen, Bars und Wirtschaften gezogen sind und den ganzen Abend lang angeregt über Religion, Politik, dem Sinn des Lebens, Gott und die Welt und manchmal auch über ganz banale Themen diskutiert hatten (und uns im Grunde meistens einig waren), vermag wohl keiner mehr nachvollziehen zu können.

Wirklich ausgeartet sind solche Abende aber eigentlich nie richtig, was auch durchaus für eine gewisse Qualität dieser Abende und unserer Freundschaft spricht.

Aber das wichtigste: Wir konnten uns aufeinander verlassen und immer über alles - auch unangenehme Themen - miteinander sprechen, ohne dass der eine dem anderen das irgendwie übel genommen hätte.

Dieser Abschied sollte mir tatsächlich am schwersten fallen, auch wenn der Kontakt sicherlich nicht abreißen, aber schon alleine aufgrund der geographischen Distanz sicherlich deutlich seltener werden würde.

Es heißt zwar immer, *„lebe jeden Tag, als wäre es Dein letzter"*, aber wenn man sich bewusst wird, dass es wirklich der letzte Tag/Abend (wenn auch nur dieser Art) ist, helfen einem diese Weisheiten auch nicht wirklich weiter.

Leider neigte sich auch dieser Abend viel zu schnell dem Ende entgegen und wir vereinbarten auf dem Heimweg, dass wir uns, wenn sich unsere Wege gleich trennen sollten, ohne Worte umarmen sollten und dann ohne zurück zu blicken, jeder in seine jeweilige Richtung nach Hause gehen sollte - nach zahlreichen Versuchen klappte dies dann auch irgendwann.

Zuhause angekommen - mit etwas Pipi und Sand des Sandmanns in den Augen - versuchte ich schließlich meine Wohnungstür aufzuschließen. Der Schlüssel passte zwar ins Schloss, ließ sich aber nicht drehen. Na toll, jetzt stehe ich hier um Mitternacht, nur wenige Stunden vor meiner Abfahrt vor einer Tür, die ich nicht aufbekomme.

Dann fiel es mir wie Schuppen aus den Haaren: Der Wohnungsschlüssel, den ich in der Hand hielt, war der Schlüssel, den ich vor wenigen Tagen nachmachen ließ. Ich hatte ihn zwar danach ausprobiert, aber leider nur von innen, wo er problemlos funktionierte. Natürlich brachte mir das gerade herzlich wenig.

Warum hatte ich überhaupt den Schlüssel nachmachen lassen? Und wie machen Schlüssel eigentlich? *„Klick?"*

Dieser kleinen Geschichte liegt ein Ereignis von vor etwa drei Jahren zugrunde: Nachdem ich mich in den ersten Wochen, nachdem ich in diese Wohnung gezogen war, zweimal ausgesperrt hatte, beschloss ich einen Wohnungsschlüssel im Kellerraum (ein alter Kohlenkeller) zu deponieren.

In den folgenden Jahren hatte ich diesen Schlüssel nie wieder gebraucht, ihn, nachdem ich den Kellerraum vor dem bevorstehenden Umzug ausgeräumt hatte, allerdings auch nicht mehr gefunden.

Also ließ ich den Schlüssel nachmachen und überreichte meinem Nachmieter am Tag zuvor bei der Wohnungsübergabe den Original-Schlüssel. Das zweite Schlüsselpaar (inkl. dem nachgemachten Schlüssel) wollte ich dann am nächsten Morgen im Briefkasten deponieren.

Und so stand ich nun also mitten in der Nacht vor der verschlossenen Tür der Wohnung, die ich in wenigen Stunden ohnehin für immer verlassen würde.

Musste das jetzt wirklich noch sein? Auf dieses Schlüsselerlebnis hätte ich doch liebend gerne verzichten können.

In meiner Verzweiflung ging ich noch einmal in den Keller, um ein letztes Mal das Versteck des Original-Schlüssels abzusuchen. Und siehe da: Ich habe den Schlüssel doch tatsächlich gefunden - etwas, was mir in den vergangenen Wochen selbst mit mehreren Suchaktionen nicht gelungen war.

Nachdem sich meine Wohnungstür mit dem Schlüssel auch tatsächlich öffnen ließ (er hätte ja nach all den Jahren im Keller auch beschädigt sein können), freute ich mich, dass ich wieder einmal mehr Glück als Verstand hatte (weniger wäre ja auch kaum möglich), fiel wie ein Stein ins Bett und tauchte zum letzten Mal in dieser Wohnung in das Land der Träume ein ...

⌛ 148

Berlin is coming [4]

Dienstag, 31. März 2015 - gegen 10 Uhr

So, nun ist alles im Leihwagen verstaut, es gibt nichts mehr zu verteilen und ich lasse meine Blicke ein letztes Mal prüfend und für den Erinnerungsspeicher durch die bezugsfertige Wohnung schweifen.

Die Herdplatten sind aus, der Kühl- und alle anderen Schränke leer, die Heizkörper auf die niedrigste Stufe eingestellt und die Fenster verschlossen.

Ich ziehe die Wohnungstür hinter mir zu und sperre ab.

Die knarzenden Stufen im Treppenhaus werden mir auch irgendwie fehlen.

Unten im Hof angekommen, hinterlege ich die restlichen Schlüssel wie vereinbart im Briefkasten.

Ich schaue mich noch ein letztes Mal um und gehe dabei den Rasen ab, auf dem vor knapp sechs Monaten noch meine Rattendamen rumtollten und Babsi für drei Tage im Mäuseloch verschwand, auf dem unzählige Male gegrillt wurde, auf dem ich nach einigen Bierchen den kleinen morschen Gartenzaun durch das bloße skandieren von *„die Mauer muss weg"* zu beseitigen versuchte und auf und um dem in den letzten Jahren viele weitere schöne Momente und Erinnerungen entstanden sind.

Ich drehe mich um und sehe Jochen am geöffneten Küchenfenster im Erdgeschoss stehen.

Na wenn das kein Foto wert ist - also zücke ich mein Handy. Klick.

Wir verabschieden uns und ich versuche dabei keine Träne zu vergießen - ich glaube Jochen auch.

Er schließt sein Küchenfenster und ich gehe zum Leihwagen, steige ein, programmiere das eingebaute Navi, welches mir rund fünf Stunden Fahrzeit anzeigt und fahre los.

Und los geht´s mit der wilden Fahrt in ein neues Leben.

Auf geht´s nach Langenhagen ...

... to be continued!

ISBN 978-3-7549-4182-9

9 783754 941829 00001

www.epubli.de